환환상점

교환, 어쩌면 기묘한 여행과 같은 것.
누구든 이 책을 보려면
우리 젊은 시절의 한 페이지와 바꿔야 한다.

교환, 어쩌면 기묘한 여행과 같은 것

환환상점

초판 1쇄 발행 2020년 5월 30일
초판 3쇄 발행 2023년 6월 5일

지은이 저우야오핑
옮긴이 류희정

편집장 천미진 | **편집** 최지우, 김현희
디자인 최윤정 | **마케팅** 한소정 | **경영지원** 한지영

펴낸이 한혁수 | **펴낸곳** 도서출판 다림 | **등록** 1997. 8. 1. 제1-2209호
주소 07228 서울시 영등포구 영신로 220 KnK 디지털타워 1102호
전화 02-538-2913 | **팩스** 070-4275-1693 | **전자 우편** darimbooks@hanmail.net
블로그 blog.naver.com/darimbooks | **다림 카페** cafe.naver.com/darimbooks

ISBN 978-89-6177-234-1 43820

이 도서의 국립중앙도서관 출판예정도서목록(CIP)은 서지정보유통지원시스템 홈페이지(http://seoji.nl.go.kr)와 국가자료공동목록시스템(http://www.nl.go.kr/kolisnet)에서 이용하실 수 있습니다.(CIP제어번호: CIP2020019434)

교환, 어쩌면 기묘한 여행과 같은 것

환 환 상 점

저우야오핑 소설 | 류희정 옮김

다림

/ 차례 /

환환
상점

환환상점에 가다

저루이의 이야기

나는 이렇게 자전거를 타고 신나는 노래를 흥얼거리며 낯선 골목을 탐방하는 걸 좋아한다. 좁고 구불구불한 골목 안에는 볼품없는 집과 가게들, 먼지가 뿌옇게 쌓인 채 어지럽게 늘어선 자전거들, 싱그럽지만 못생긴 화분이 전부인 듯 보인다. 딱 봐도 재미없는 곳.

하지만 모두가 별로라고 생각하는 데에서 흥미로운 구석을 발견하는 게 내 즐거움이다. 나는 어느 낡은 집의 창살에서 정말 멋진 기하학무늬를 발견한 적도 있고, 담벼락 밑에서 마치 멋지게 차려입고 무대를 준비하는 발레리나들처럼 울긋불긋 꽃이 핀 것도 찾아낸 적이 있다. 가끔은 고양이가 곡예를 하듯 지붕과 담 사이를 넘나드는 멋진 광경을 우연히 목격하기도 했다.

골목 사이로 자전거를 몰던 나는 '환환상점'이라고 적힌 푯말을 발견했다. 환환상점 글자 옆쪽에는 작은 글씨로 이렇게 써 있었다.

'교환, 어쩌면 기묘한 여행과 같은 것.'

"무슨 가게지?"

나는 중얼거리며 자전거를 세워 놓고 가게 안으로 들어갔다.

가게가 워낙 낡고 오래돼서 주인도 백발이 성성한 노인일 줄 알았는데, 뜻밖에도 아주 젊은 주인이 주름 하나 없는 팽팽한 얼굴로 상냥하게 나를 맞았다. 이제부터 가게 소개를 늘어놓겠구나 싶었는데 예상이 빗나갔다. 그는 나를 향해 미소를 한번 지어 보이더니 이내 고개를 숙이고 조용히 하던 일을 계속했다.

주인이 앉아 있는 계산대에는 아름다운 노을 사진 한 장과 노트북 컴퓨터 외에는 아무것도 없었다. 가게 안에 가지런히 정리된 선반에는 물건들이 깔끔하게 분류되어 있었다. 의류부터 문구, 주방 용품, 전자 제품, 심지어 돋보기안경과 식료품까지 갖가지 물건이 빼곡했다. 하지만 그 물건들 어디에도 가격표가 붙어 있지 않았다. 혹시 물물 교환 방식이라서 가게 이름이 '환환상점'인 건가? 문득 그런 생각이 스치던 참에 벽에 붙은 안내문이 보였다. 역시 물물 교환이 맞았다. 아무 물건이나 가져오면 필요한 물건으로 바꾸어 갈 수 있다는 설명이었다. 그러니까 조그만 지우개를 커다란 오븐으로 바꿔도 된다고?

엄청 재밌겠는데!

나는 신나서 가게 안을 둘러보다가 책꽂이 앞에서 걸음을 멈췄다. 오른편이 텅텅 빈 책꽂이에 책 한 권이 표지가 보이게 세워져 있었다. 책에는 제목이 없었다. B5 종이 크기였고 손으로 만든 책이었다. 조심스레 책을 펼치자 프린터로 인쇄한 글자가 눈에 들어왔다. 대충 훑어보니 모두 내 또래 아이들이 쓴 글 같았다.

내지에 이런 짧은 문구가 적혀 있었다.

'교환, 어쩌면 기묘한 여행과 같은 것. 누구든 이 책을 보려면 우리 젊은 시절의 한 페이지와 바꿔야 한다.'

뭐 이런 별난 책이 다 있지? 한번 읽어 볼까!

나는 고개를 돌려 주인을 바라봤다. 마침 그도 나를 쳐다봤다.

"이거……?"

"너도 네 이야기를 쓰면 그 책을 볼 수 있단다. 하지만 다른 물건과는 달리 가지는 건 안 돼. 다 읽으면 돌려줘야 해. 어차피 다른 사람의 이야기를 가질 수는 없으니까 말이야."

주인이 자리에서 일어나 내 쪽으로 걸어오면서 흥미로운 설명을 해 줬다.

"그럼 내 이야기를 먼저 적어 와야 책을 볼 수 있나요?"

논리가 그렇게 되는 거겠지?

"그래도 되고, 아니면 책부터 빌려 갔다가 나중에 돌려줄 때 네 이야기를 가져와도 돼."

처음 보는 손님을 너무 믿는 거 아냐?

나는 심히 고민했다. 사람들의 이야기를 훔쳐보고 싶은 호기심은 들었다. 대체 어떤 사람들이 자신의 이야기를 다른 이들과 교환했을지가 가장 궁금했다. 나도 해 볼까? 무슨 이야기를 내놓지?

어느 오후의 나들이도 이야깃거리가 될 수 있다. 자원봉사에 참여해서 백 년 가는 독일식 건축 공법을 배우고 처음 만난 사람들과 함께 낡은 집을 보수했던 일을 적어도 될 것이다. 순간 떠오르는 잊지 못할 기억, 그게 창피한 일이든 혹은 감동적이거나 놀라운 일이든 어쨌든 다 이야기다. 이야기라면 셀 수 없이 많다! 하지만 난 어떤 이야기를 사람들과 교환할지 생각해 본 적이 없다. 대체 뭘 쓰지? 뭐든 괜찮을 듯한데 그렇다고 딱 이거다 싶은 이야기는 없었다.

"물물 교환은 때로는 아주 기묘한 거야. 그게 이야기라면 더욱 그렇고."

가게 주인이 혼잣말처럼 나지막이 말했다.

그가 말을 이었다.

"책부터 가져간 손님도 많아. 다들 책을 다 읽고 나서 부푼 마음으로 자신의 이야기를 담아 왔지. 아마 다른 사람의 이야기에 영감을 받아서 글이 쓰고 싶어졌나 봐. 어쩌면 누군가의 이야기에 답장을 적고 싶어졌을 수도 있고."

아하! 사람들의 글을 읽다 보면 영감을 받거나 어떤 글에 답장을 쓰고 싶을 수도 있겠구나.

"그럼 저도 책 먼저 빌려 갔다가 이야기는 나중에 갚아도 되는 건가요?"

내가 조바심을 내며 물었다.

"물론이지."

주인이 웃으며 답했다.

나는 얼른 책을 집에 가져가서 아무런 방해 없이 읽고 싶었다. 하지만 그 전에 물어보고 싶은 게 있었다.

"아저씨, 어떻게 이런 특별한 가게를 생각해 냈어요? 어쩌다 이렇게 멋진 일을 하게 된 거예요?"

그가 미소를 지으며 차근차근 설명했다.

"내가 네 나이쯤이었을 거야. 여행 중에 어느 물물 교환 가게에서 일을 도와준 적이 있는데 그게 계기가 됐지."

그는 말을 마치고 계산대로 향하다가 휙 뒤돌아보며 덧붙였다.

"마음에 들면 그 책 가져다 보렴!"

나는 잠시 망설이다 결국 책을 빌리기로 했다.

일단 책을 읽기 시작하니 멈출 수가 없었다. 그러다 딱 두 번 멈칫했다. 첫 번째는 어쩐지 환환상점 주인의 이야기로 보이는 글이 나왔을 때였다. 그리고 두 번째는 한 이야기의 제목과 첫 소절 때문이었다!

그 제목과 처음 몇 줄을 보자마자 확신이 들었다. 이건 틀림없이 내가 아는 사람이 쓴 글이었다. 사촌 누나를 따라 일주일간 독일 전통 방식의 집수리 현장에 간 적이 있었다. 집수리를 하던 어느 날, 낯선 여자애가 자전거를 탄 채로 느닷없이 우리 작업장에 뛰어들었다. 그 바람에 깜짝 놀란 검은 고양이 한 마리가 진흙 벽돌을 쌓아 놓은 나무 선반 위로 뛰어올랐다. 바로 뒤이어 그녀의 자전거가 나무 선반에 부딪히면서 우리가 애써 만든 진흙 벽돌들이 모조리 망가졌다. 그녀는 부서진 벽돌을 자신이 책임지고 당장 다시 만들겠다고 이야기했고, 사람들이 나더러 그녀를 도와주라고 했다.

그녀는 줄곧 사람들과 거리를 뒀다. 나는 그녀의 바로 옆에서 벽돌 만드는 법을 알려 주었지만, 마치 그녀와 나 사이에 차갑고 광활

한 공간이 놓여 있는 듯 느껴졌다. 오후 휴식 시간에도 그녀는 사람들과 한마디도 하지 않은 채 오로지 '파리잡이 끈끈이'만 뚫어지게 쳐다봤다. 사람보다 파리와 더 친해지고 싶은 것처럼 말이다.

우리가 만드는 벽돌은 저수지 바닥에 쌓여 있는 진흙이 원료인데, 거기서 나는 냄새 때문에 파리들이 몰려들어 앵앵거리며 날아다녔다. 그러다 보니 적잖은 파리들이 파리잡이 끈끈이의 죄수가 됐다. 나 역시 한참 동안 끈끈이를 바라봤었다. 사냥감이 사로잡히는 순간 쾌감을 느낀 나는 스스로 너무 잔인한 건 아닌가 하는 반성도 했었다. 이런저런 복잡한 생각을 떨치고 멍하니 파리 죄수의 몸짓을 보고 있노라면, 마치 팽팽한 긴장감이 감도는 한 편의 단막극을 보는 것 같기도 했다.

그녀는 계속해서 뚫어지게, 누구보다 오랫동안 집중해서 파리를 응시했다. 난 그런 그녀의 모습을 멍하니 바라봤다. 그녀의 옆모습이 무척 귀여웠다. 집중하는 표정이 천진난만하면서도 뭔가 심오한 비밀을 숨기고 있는 것 같았다. 그게 뭘까? 난 너무 궁금했다.

그날 작업을 마친 후, 그녀와 나는 앞뒤로 자전거를 몰며 작업장을 나섰다. 그러다 교차로에서 그녀만 길을 건너고 나는 빨간불에 걸리고 말았다. 그녀와 좀 더 이야기를 나누고 싶었는데. 자전거를 따라잡아서 연락처를 물어볼 수 있다면 좋으련만. 연신 페달을 구르며 머릿속으로 생각했다. 그냥 이렇게 뚝 끝나는 건가? 다시 만날 기약도 없이?

나는 집에 돌아온 후에도 희망을 버리지 않았다. 그녀가 혹시 다음 날에도 작업장에 나와서 함께 일하지 않을까 하고. 하지만 아무리 기다려도 자원봉사 기간이 끝나도록 그녀의 모습은 보이지 않았다.

그런데, 세상에나! 책 속에서 그녀를 만날 줄이야!

나는 책을 다 읽은 후에도 며칠간 날마다 환환상점에 갔다. 그녀가 가게에 또 오기를 기대하면서 말이다. 어쩌면 책을 보러 다시 들를 수도 있으니까. 그럼 그녀를 만날 수 있을 텐데. 나는 가게 안을 구석구석 살피고 가게 밖에서 사방을 두리번거렸다. 하지만 내 기억 속에 멋진 모습으로 어슴푸레하게 남아 있는 그녀의 실루엣은 어디에도 보이지 않았다. 너무나 실망스러웠다. 그러나 한편으로는 책에다 어떤 이야기를 쓸지 떠올랐다. 이것이 바로 그 이야기다. 여기 이렇게 책에다 남기고 있다. 머지않아 가게에서 그녀를 만날지도 모른다. 그럼 책꽂이에서 이 책을 집어 들고 웃으며 그녀에게 건네야지. 그녀를 다시 만나지 못한다 하더라도 그녀에게 내 이야기를 전하는 셈이다. 그녀가 보든 못 보든.

잊을 수 없는 여름

딩당의 이야기

난 원래 게으른 편이다. 머리도 늘 멍하고 무기력하다. 더군다나 부모님과 함께 떠나는 여행이라니, 기운이 날 리가 없다. 게다가 가족 여행지는 가는 곳마저 따분하기 이를 데 없는 '동해안'이다. 그런데 엄마 아빠가 호텔 카운터에서 체크인할 때였다. 옆에서 어슬렁거리던 나는 갑자기 '댕' 하고 정신이 퍼뜩 들었다. 호텔 직원이 이렇게 말했기 때문이다.

"정말 죄송합니다. 아무리 찾아봐도 손님의 예약 정보가 없는데요."

"예약한 거 아니었어?"

엄마가 아빠한테 따지기 시작했다.

"어라, 어떻게 된 거지? 아마……. 내가 바빠서 정신이 없었나 봐. 예약하다가 중간 단계를 건너뛴 것도 모르고 다 됐다고 착각한 거지. 아니면……. 컴퓨터의 인터넷 연결에 문제가 있었던지!"

우아! 아빠가 실수한 게 뻔한데 애꿎은 컴퓨터와 인터넷을 탓하다니! 맨날 나더러 "자기가 잘못한 건 직접 책임져야 해, 남 탓하지 말고." 하면서 설교를 늘어놓던 사람이 누구였더라!

온갖 핑계를 대던 아빠는 어떻게든 엄마를 달래려고 안간힘을 썼다. 물론 엄마는 잔뜩 언짢은 표정이었다. 그 모습을 지켜보고 있자니 여행을 따라온 게 몹시 후회스러웠다. 나는 이 여행이 처음부터 내키지 않았지만 엄마 아빠의 '애정 공세'를 뿌리칠 수가 없었다. "네가 클수록 가족이 다 함께 보내는 시간이 점점 줄어들 텐데, 지금 틈틈이 아름다운 추억을 쌓아 놔야지." 어쩌고저쩌고하면서 나를 괴롭히는 통에 하는 수 없이 따라왔다. 그런데 이런 상황에서 어떻게 아름다운 추억을 쌓으라는 건지. 여기는 이 유럽풍 고급 호텔 외에는 아무것도 없는 허허벌판인데. 아무래도 진짜 잊을 수 없는 추억을 쌓게 될 것 같았다. 머물 곳도 없이 떠도는 비참한 추억이랄까?

아빠는 엄마를 달래 놓고 호텔 직원한테 도와 달라고 부탁했다. 어떤 방이든 괜찮으니까 하나 구해 달라고 말이다. 직원은 아빠의 통사정에 못 이겨 몇 군데 전화를 걸더니 결국 근처 마을에 있는 '에너지 민박'이라는 곳을 소개해 줬다.

그런 민박은 들어 본 적이 없었다. 거기 도착해서야 알았다. 이름만 들으면 '힘이 불끈' 솟을 것만 같은 그곳이 사실 '온몸의 힘을 쏙' 빼놓아 사람을 초주검으로 만드는 데라는 것을. 대나무와 짚으로 만들어진 그 민박집엔 전기가 안 들어왔다. 숙박객이 직접 자전거 발전기의 페달을 밟아 전기를 만들어야 했다. 전기를 많이 만들면 많이 쓸 수 있고, 못 만들면 못 쓰는 거였다. 그러니 나머진 말할 것도 없었다! 그래서 지금 나는 죽어라 페달을 밟고 있다. 전기 생산 수치가 표시되는 모니터를 뚫어지게 쳐다보면서 말이다. 앓는 소리가 절로 나왔다.

"전기 만드는 게 뭐 이리 어려워?"

이 모든 '사달'의 원인인 아빠는 일찌감치 엄마를 끌고 마을 주변을 구경하러 나갔다. 나는 인터넷을 쓰고 싶었는데 하필 휴대폰 배터리가 바닥난 데다가 보조 배터리까지 방전돼서 하는 수 없이 혼자 남아 이 고생을 하게 됐다.

이마에는 땀이 줄줄 흐르는데 전기 생산 수치가 1단계에도 못 미쳤다. 벽에 붙은 설명서에 따르면 1단계는 천 와트로, '일부 전기 제품이 한 시간 동안 쓰는 전기의 양'이란다. 저게 대체 무슨 뜻이람. 난 알고 싶지도 않았다. 그냥 전기만 있으면 좋겠는데. 게다가 1단계밖에 안 되니까 금세 전기를 만들어 낼 줄 알았는데 이 정도로 숨넘어가게 힘들 줄이야.

나는 반나절을 낑낑댄 끝에 결국……. 포기했다! 정말이지 짜증 나서 더는 못 하겠다. 땀을 닦고 바깥으로 나갔더니 저녁때라 제법 시원했다. 주변을 둘러보니 온통 나무 아니면 풀숲과 밭 그리고 낮은 집들이 전부였다. 무척 단조로운 풍경이었다. 난 심심해서 어슬렁거리며 한 나무 근처까지 걸어갔다가 깜짝 놀라 멈춰 섰다.

"웬 나비가 이렇게 많지?"

정말 놀라웠다. 나무에 나비가 잔뜩 앉아 있었다. 그야말로 진기한 풍경이었다. 휴대폰에 배터리만 남아 있었어도 인증 사진을 남길 수 있었을 텐데. 사진도 못 찍으니 하는 수 없이 가던 길을 계속 갔다. 하늘이 어찌나 파랗고 구름은 또 어찌나 하얀지. 당연한 소리겠지만 말이다. 이곳의 하늘과 구름은 도시와는 사뭇 달랐다.

난 정신없이 하늘을 바라보다가 실수로 뭔가를 발로 찼다. 그러자 오리 떼 한 무리가 꽥꽥 울어 댔다. 내가 발로 찬 게 바로 오리였던 것이다. 오리 떼를 이끌고 앞서가던 사람은 민박집 주인아저씨였다. 아저씨는 재빨리 뒤돌아오더니, 나 때문에 놀라서 혼비백산한 오리들을 뒤쫓았다. 그러면서 저쪽 울타리 방향에 대고 소리쳤다.

"마야오, 난 놀란 오리들을 잡으러 가야 하니까 나머지 녀석들은 네가 집까지 데려가렴!"

마야오는 굉장히 잘생기고 건장한 소년이었다. 그 애가 달려와서 오리들을 부르자 남은 오리들이 고분고분 따라갔다. 나는 주인아저씨에게 사과하고 싶었지만 정신없이 바빠서 내 말을 들어 줄 여유가 없어 보였다. 하는 수 없이 울타리 쪽으로 마야오를 따라갔다. 마야오가 오리를 잘 가둬 놓고 나오더니 그윽한 눈빛으로 나를 쳐다봤다.

"미안……."

평소엔 쩌렁쩌렁한 내 목소리가 갑자기 기어들어 갔다.

"괜찮아. 우리 아빠가 알아서 잘할 거야."

그 애는 말을 마치자 깡통 한 무더기와 공구 사이에 쪼그리고 앉아 뭔가에 열중하기 시작했다.

난 정적을 깨려고 질문거리를 찾아냈다.

"지금 뭐 하는 거야?"

"로켓 스토브를 만들려고."

"그게 뭐야?"

"에너지를 절약해 주는 화덕이야. 이게 완성되면 가느다란 대나무 몇 개와 자투리 종이로도 음식을 익힐 수 있어."

그 애는 얘기하는 동안에도 계속해서 뚱땅뚱땅 두들기고 톱질을 해 댔다.

난 다시 할 말을 쥐어짠 끝에 '나비 진풍경'에 관해 물었다.

"아, 나비가 원래 그 나무 진액을 잘 빨아 먹어. 그래서 거기 모여 있는 거야. 게다가 근처에 시냇물도 있고. 물이 없으면 나비가 안 오거든. 예전에 마을 사람들이 시냇물을 진흙밭으로 만들려고 했는데, 그럼 생태계 환경이 무너질 거라고 우리 아빠가 반대했었어. 생태 모형까지 만들어서 아빠가 결국 마을 사람들을 설득했지."

"아저씨가 그 분야를 잘 아시나 봐?"

"응. 아빠는 직접 에너지를 만들어 쓰는 농촌을 만들고 싶대. 그래서 여러 가지를 시도하는 중이야. 아무튼 난 아빠를 따라 노는 게 정말 재밌어."

마야오가 로켓 스토브를 가리켰다.

"예를 들면 이것도 그렇고."

"그래도 '에너지 민박'은 좀 별로야. 까딱하다가는 밤에 촛불을 켜야 할 것 같다고."

내가 못 참고 우는소리를 했다.

"하하, 그렇지? 내가 봐도 그건 아빠가 좀 심했어. 그런 민박에 누가 오겠어. 안 그래도 내가 새로 아이디어를 생각해 내서 아빠한테 얘기했어."

마야오는 말을 마친 후 이 초간 가만히 있다가 불쑥 물었다.

"우리 아빠 무섭지?"

그러더니 고개를 들어 또 그윽한 눈빛으로 나를 뚫을 듯이 응시했다. 나는 격렬하게 고개를 끄덕이다가 문득 그런 식으로 답하면 실례라는 생각이 들어 얼른 다시 힘차게 고개를 가로저었다.

마야오는 더 따져 묻지는 않았다. 그저 다시 머리를 묻은 채 일을 계속하며 말했다.

"전에는 아빠랑 사이가 별로 안 좋았어. 난 아빠 말을 안 듣고, 아빠도 내 말을 안 들어 줬지. 그런데 지금은 아빠가 내 얘기를 굉장히 잘 들어 줘."

그 애가 뿌듯한 표정으로 고개를 들더니 나에게 눈을 찡긋했다.

"너의 새 아이디어란 게 혹시 너희 집처럼 민박에다가 태양광 패널을 설치해서 전기를 만드는 거야?"

마야오네 집 지붕 위에서 반짝이고 있는 태양광 패널을 바라보며 내가 물었다.

"아니, 사실 아빠한테는 나름대로 이유가 있어. 민박 손님들이 직접 전기를 만들면서 전기가 얼마나 소중한지 깨닫기를 바라는 거거든. 그러니까 새 아이디어도 그 취지를 따라야 해. 내 계획은 태양광 패널 수레를 만드는 거야. 손님들이 수레를 밀고 다니면서 태양광도 모으고 마을 구경도 하는 거지. 어때? 괜찮겠지? 답답한 방 안에서 자전거 페달을 밟는 것보다는 훨씬 즐겁지 않을까? 게다가 아빠의 바람에도 딱 맞고."

"응, 훨씬 나을 거 같아."

내가 진심으로 말했다.

그즈음 마야오의 아빠가 오리들을 몰고 돌아와서 울타리 안에 가뒀다. 내가 얼른 사과하자 아저씨는 손사래를 치며 괜찮다고 말했다. 마야오가 만들던 로켓 스토브에 문제가 생기자 아저씨가 고치는 방법을 알려 줬다.

"안쪽 통과 바깥쪽 통 사이의 공간이 너무 좁아. 그럼 질석(단열재로 쓰이는 광물의 일종-옮긴이)을 넣을 수가 없거든. 깡통 따개로 바깥 통의 주둥이 안쪽을 깨끗이 따 내야 해."

아저씨가 다른 볼일을 보러 자리를 뜨자 내가 마야오에게 말했다.

"너도 이제 아빠 말을 잘 듣네."

마야오가 하얀 이를 드러내며 웃었다.

"아빠와 함께 이런 것들을 만드는 게 재밌거든. 성취감도 있고. 그러니 아빠 말을 들을 수밖에 없잖아?"

서로의 말을 잘 듣는 아빠와 아들 사이가 꽤 보기 좋았다!

민박으로 돌아왔을 때 마침 아빠가 자전거 발전기의 페달을 밟고 있었다. 아빠는 지친 게 역력해 보였지만 내게 멋진 손짓까지 곁들이며 우쭐한 표정으로 말했다.

"아빠가 벌써 1단계를 넘었다. 밤에 촛불 안 켜도 돼."

“뭐야! 당신 혼자 다 한 것처럼 말하네. 조금 전까지 계속 페달을 밟은 게 누군데.”

엄마가 재빨리 끼어들었다.

“나도 있어. 아까 엄청 오랫동안 밟았다고. 내가 거의 다 해 놓은 거야.”

“그래, 그래, 우리 셋이 함께 만든 거야. 이거야말로 우리 가족의 아름다운 추억이지!”

아빠는 연신 페달을 밟으면서도 즐거운 표정이었다. 내게 엄마와 함께 마을 구경을 다녀온 일도 얘기해 줬다. 아빠가 말하는 동안 엄마도 옆에서 이런저런 설명을 덧붙였다. 분위기에 이끌려서 나도 아까 실수로 오리를 발로 차는 바람에 창피했던 얘기를 털어놨다.

그날 밤 방에 불을 켜면서 아빠가 소리쳤다.

“너무 감동적이어서 눈물이 날 것 같은데!”

무슨 눈물씩이나! 그래도 사진 찍어서 페이스북에 올릴 만한 순간이긴 했다. 막상 사진을 올려야겠다고 생각한 순간 아차 싶었다. 아! 아까 민박을 나설 때 휴대폰을 충전기에 꽂아 놓고 나갈걸. 그럼 조금이라도 충전됐을 텐데. 낮에 마을을 구경하며 열심히 사진을 찍어 댄 통에 엄마 아빠의 휴대폰도 ‘혼수상태’였다. 그래도 괜찮다. 귀한 전기니까 좀 아끼지 뭐.

아무래도 오늘 벌어진 일들은 잊을 수 없을 것 같다. 억지로 머릿속에서 기억을 지운다고 해도 말이다.

차 조 기

치치의 이야기

어쩌지? 어떡해? 어떡하면 좋지?

허겁지겁 집을 뛰쳐나온 나는 할머니를 찾아 사방을 헤맸다. 내가 전화를 받느라 잠깐 주의를 소홀히 한 그 찰나에 할머니가 집을 나가 사라져 버렸다.

원래 시골에 살던 할머니는 치매에 걸리자 우리 집에 와서 함께 살게 됐다. 부모님이 할머니를 위해 고용한 간병인도 요 며칠 고향에 갔고, 오늘은 엄마 아빠 모두 일이 있어서 내가 대신 할머니를 보살피고 있었다. 그런데 이런 일이 생기다니. 평소에도 워낙 덜렁대는 편이라 내가 할머니를 제대로 돌볼 수 있을지 안 그래도 불안하던 참이었는데 정말로 사고가 터지고 말았다.

치매는 할머니를 이상하게 만들었다. 나는 그런 할머니를 볼 때마다 몹시 낯설게 느껴졌다.

할머니는 밥을 먹을 때마다 사방에 음식을 흘렸다. 엉뚱한 곳에 자꾸 돈을 숨겨 놓기도 했다. 신발을 냉장고에 넣거나 농구공을 수

박으로 착각한 적도 있다. 때로는 내가 누군지 못 알아보고는 나한테 우리 가족에 관해 설명하기도 했다. 더 골치 아픈 건, 길도 모르면서 집을 나가는 거였다. 엄마 아빠가 할머니에게 아무리 신신당부해도 소용이 없었다. 지금처럼 사방을 샅샅이 찾아도 할머니가 안 보일 때는 난 어떻게 해야 할까?

할머니를 찾는 시간이 길어질수록 내 마음도 타들어 갔다.

평소에는 쑥스러워서 낯선 사람에게 말도 못 걸지만 그런 걸 따질 여유가 없었다. 사람이 보이기만 하면 쏜살같이 달려가서 물었다.

"혹시 파란 상의에 상아색 바지를 입고 머리가 희끗희끗한 할머니 못 보셨어요?"

사람들은 놀란 눈으로 날 쳐다보며 고개를 가로젓거나 놀라서 얼이 빠진 듯 작은 소리로 대답했다.

"아니요."

나는 뛰다시피 걸어서 낮은 언덕을 따라 길 끝까지 갔다. 그곳엔 낡은 집 한 채가 우뚝 솟아 있었다. 집 담장에 걸어 놓은 청록색 깃발에는 '농업용 토지'라고 쓰여 있었다. 나도 전에 와 본 적이 있는 곳이었다. 그 집 뒤편에 있는 텃밭에는 키우는 작물이 아주 많았고, 집 안에서 열리는 행사에 참여하는 사람들로 늘 북적였다.

언덕길 오른편의 붉은 벽돌담 위로 고양이 한 마리가 뛰어오르는 모습이 보였다. 언덕길 왼편 집의 테라스에는 마침 아주머니 한 분이 채소를 손질하고 있었다.

난 그쪽으로 뛰어가 숨을 헐떡이며 물었다.

"실례합니다. 혹시 파란 상의에 상아색 바지를 입고 머리가 희끗희끗한 할머니 보셨어요? 이쪽으로 지나가지 않으셨나요?"

아주머니가 고개를 저었다. 내 실낱같은 희망을 끊어 내기라도 하듯 말이다. 이러다 정말 할머니를 영영 못 찾는 걸까? 그럼 어떡하지? 바람 빠진 풍선처럼 온몸의 힘이 풀렸다. 터져 나오는 울음을 참을 수가 없었다.

채소를 씻던 그 아주머니가 다급하게 달려와 내 등을 두드리며 연신 물었다.

"학생, 왜 그래? 괜찮아?"

아주머니의 따뜻한 관심에 나도 모르게 울음소리가 더 커졌다. 아주머니는 당황해서 어쩔 줄 몰라 했다.

바로 그때였다. 언덕 위의 집에서 문이 열리더니 사람들이 줄지어 나왔다.

얼핏 그쪽을 바라봤다. 그런데 뜻밖에도 아주 익숙한 모습이 눈에 들어왔다. 바람 빠진 풍선이 순식간에 다시 빵빵해져서 튀어 올랐다. 할머니에게 달려가 손을 덥석 잡으며 소리쳤다.

"할머니!"

할머니 옆에는 앞치마를 두른 아주머니 한 분이 서 있었다. 아주머니가 웃으며 내게 물었다.

"할머니 모셔 가려고 왔니?"

내가 고개를 끄덕였다.

아주머니는 들고 있던 종이봉투를 내게 건넸다.

"이거 너희 할머니가 담근 매실 장아찌야. 솜씨가 정말 훌륭하시더라. 다들 많이 배웠어. 장아찌가 아직 완성된 건 아니니까 집에 가서 할머니랑 마저 만들어 보렴."

그 집에서 나온 사람들을 바라봤다. 우리 할머니와 비슷한 연배의 어르신들이었다. 그리고 그 옆에 젊은 사람이 한 명씩 붙어서 어르신들을 부축하거나 챙겨 주고 있었다.

아주머니가 다시 물었다.

"파드마가 할머니를 모시고 자주 왔었는데, 요 며칠 고향에 다니러 갔다지?"

내가 고개를 끄덕였다. 파드마는 우리 집에서 일하는 외국인 간병인이다.

"다음에 할머니 모시고 와서 텃밭도 둘러보렴."

아주머니가 웃으며 말했다.

나는 또 고개를 끄덕였다.

할머니와 함께 집 앞에 다다랐을 때, 마침 아빠가 돌아왔다. 난 오늘 벌어진 일을 아빠에게 사실대로 알렸다.

다음 날 아빠는 언덕 위의 그 집에 찾아가 아주머니에게 감사의 인사를 전했다. 알고 보니 그곳은 원예 치료 센터였다. 치매 노인과 우울증 환자, 자폐 어린이가 식물과 접하면서 그들이 잃어버린 무언가를 스스로 찾을 수 있도록 다양한 식물을 기르고 프로그램을 운영하는 곳이라고 했다.

그곳에 다녀온 후, 할머니는 여느 때보다 한결 즐거워 보였다. 그처럼 환하게 웃는 얼굴은 정말 오랜만이었다.

잃어버린 무언가를 할머니도 찾았나 봐요. 그런 거죠?

할머니한테 그렇게 실제로 묻지는 않았다. 물어도 답을 얻지는 못할 테니까.

매실 장아찌를 보니 예전 일들이 떠올랐다.

어릴 땐 여름마다 할머니의 시골집에 갔었다. 할머니는 늘 나와 함께 매실 장아찌를 담갔고, 나중에 매실이 잘 절여지면 내게 몇 통씩 부쳐 주곤 했다. 매실을 씻고 말리는 법, 소금으로 매실의 떫은맛을 없애는 법 그리고 설탕과 차조기(꿀풀과의 한해살이 식물로 쌈이나 장아찌 등에 쓰이는 채소-옮긴이)를 넣는 방법까지 하나하나 찬찬히 가르쳐 주던 할머니의 모습이 생각났다. 한번은 한쪽에 놓아둔 매실 장아찌 유리 단지를 내가 실수로 깨뜨린 적이 있다. 그때 할머니는 나를 혼내기는커녕 다친 데는 없는지 걱정해 주었는데…….

추억에 잠겨 사진첩을 뒤적이다 할머니 집에서 방학을 보냈던 때의 사진을 찾아냈다.

할머니는 요리 솜씨가 정말 좋았다. 사진 중에도 할머니가 내 고사리손을 붙잡고 함께 음식을 만드는 사진이 많았다. 그때 누군가가 내 옆에 와서 앉았다. 고개를 돌려 바라보니 할머니였다. 할머니는 웃으며 나를 쳐다봤다.

원예 치료 센터에 인사하러 갔던 아빠가 차조기 잎을 잔뜩 받아왔다. 나는 할머니 손을 꼭 잡았다. 할머니와 함께 매실 장아찌를 완성하고 싶었다. 차조기를 활용한 새로운 요리를 할머니에게 알려 주고 싶기도 했다. 어릴 때부터 할머니를 따라 음식을 많이 만들어 봐서 나도 요리라면 웬만큼 자신이 있었다.

휴대폰을 열어 인터넷을 검색한 끝에 근사해 보이는 요리법 몇 가지를 찾아냈다. 차조기 레몬주스, 차조기 김치 주먹밥…….

할머니도 좋아하실 게 틀림없다.

다시 조립하기

하오위의 이야기

아빠와 함께 자전거로 전국 일주 여행을 떠났다.

사실 나한테 '아빠'는 굉장히 낯선 단어다.

부모님은 내가 아주 어렸을 때 이혼했다. 그 무렵 아빠는 해외로 파견 근무를 떠났고 간혹 돌아와도 우리와 만날 기회가 많지 않았다. 그러다 몇 달 전에 아예 국내로 돌아오면서부터는 나를 불러내서 함께 밥을 먹거나 외출하는 일이 잦아졌다. 아빠가 나와 '관계 회복'을 원한다고 엄마가 귀띔해 줬다. 그래도 난 아빠가 여전히 어색했다. 아빠도 말수가 적고 나도 말이 별로 없는 편이라 아빠는 나에 관해 아는 게 거의 없었다. 물론 나도 아빠를 잘 몰랐다. 그러다 보니 정적이 흐를 때마다 아빠는 이야깃거리를 못 찾아서 쩔쩔맸고, 그 모습에 나까지 덩달아 당황하면서 더욱 어색한 분위기가 연출되곤 했다.

얼마 전, 아빠가 나더러 자전거로 전국 일주를 떠나자고 했다. 나한테는 환호성을 지를 만한 일이었다. 내 오랜 꿈이었으니까.

예전에 친구들과 함께 가려고 한 적이 있었다. 그때는 절대로 허락해 주지 않던 엄마가 이번엔 오히려 나를 계속 부추겼다. 막상 나는 망설여졌다. 아빠와 단둘이 그렇게 긴 시간을 함께 있으면 어색해서 숨 막히지 않을까?

하지만 결국엔 가기로 했다. 내가 꼭 해 보고 싶던 일인 데다가 엄마가 자꾸만 권했기 때문이었다. 그렇게 아빠와 나는 여행길에 올랐고, 앞뒤로 나란히 자전거를 몰았다.

떠나기 전 엄마가 내게 이런 말을 했었다.

"아빠랑 둘이 보낸 시간이 워낙 적어서 그래. 여행하면서 날마다 함께 지내면 어색한 느낌은 금방 사라질 거야."

그러나 엄마 말은 틀렸다. 벌써 사흘이 흘렀는데도 똑같이 어색했다. 슬슬 후회가 밀려왔다. 자전거를 몰다가 어떤 마을에 도착해서 밥을 먹거나 하룻밤을 보낼 때면 후회가 좀 더 커졌다. 이를테면 지금처럼 말이다.

아빠의 자전거가 앞에서 방향을 잡고 내가 그 뒤를 따라가고 있었는데 내 자전거 바퀴 밑에 뭔가가 걸렸다. 아무래도 심상치 않다고 여긴 아빠가 멈춰 서서 내 자전거를 살펴봤다. 그러더니 갑자기 당황한 듯 말했다.

"에잇, 어째서 하필 이럴 때 펑크가 났지?"

아빠의 말투가 왠지 나를 탓하는 듯해서 나도 가만히 있을 수 없었다.

'누군 뭐 지금 펑크가 나고 싶었나?'

그런데 내가 입을 열기도 전에 아빠가 말을 이었다.

"내가 어쩌다 타이어 공구함을 잃어버렸을까! 그것도 하필 어제."

어째서 아빠는 처음엔 나를 탓하는가 싶더니 이번엔 자신을 탓하는 걸까?

"하는 수 없지. 곧 시내에 도착하니까 자전거를 끌고 가자. 자전거 가게가 있나 찾아보자고."

아빠와 나는 자전거를 끌며 걸었다. 우리 둘 다 기분이 착 가라앉은 채 풀이 죽었다.

시내에 들어선 뒤, 여기저기를 아무리 찾아봐도 자전거 가게가 안 보였다. 거의 포기하려던 순간, 일주일에 딱 하루, 그것도 오후 다섯 시에 문을 여는 자전거 수리점이 있다고 어떤 아저씨가 알려 줬다. 게다가 오늘이 마침 영업일이고 그때가 막 오후 다섯 시였다. 그 아저씨가 말했다.

"운이 좋네요."

그래, 정말 운이 좋은 척하자. 아니면 스스로 재수가 없다는 생각에 화나고 우울할 테니까.

수리점은 굉장히 오래된 가게였다. 안에는 각종 자전거 부품이 가득 쌓여 있었고, 수리할 때 쓰는 공구들도 아주 많았다.

가게 주인의 안내로 부품과 공구를 찾은 아빠는 손수 내 타이어에 난 펑크를 금세 때워 주었다. 아빠가 수리를 마치던 순간 때마침 햇살이 아빠에게 쏟아졌다. 문득 아빠가 꽤 멋지다는 생각이 들었다.

가게 주인은 아빠가 마음에 쏙 들었는지 자기가 수리점을 열게 된 계기를 설명하기 시작했다. 그는 이런저런 자전거들을 수거해서 멀쩡한 것은 주변 사람에게 나눠 주고, 고장 나거나 부서진 자전거는 분해해서 수리용 부품으로 쓴다고 했다.

"사람들이 손수 고치고 조립해서 도로 근사한 자전거로 되살리면 참 좋겠는데."

그가 조금 전까지 도와주던 청년을 가리키며 말했다.

"저 친구도 여기 드나든 지 벌써 몇 주 됐지. 자기가 직접 자전거 부품을 찾아내서 하나하나 조립하고 있거든. 난 훈수만 뒀지 손댄 건 하나도 없다니까."

"아빠…… 저기 가까이 가서 봐도 돼요?"

내가 아빠에게 살짝 물었다. 자전거를 조립할 수 있다면 정말 멋질 것 같았다.

"그럼."

아빠가 고개를 끄덕였다.

난 청년이 있는 쪽으로 다가가서 지켜봤다. 가게 주인이 청년에게 계속 설명하면서 가르쳐 줬다.

"브레이크 패드의 위쪽 모서리가 타이어와 닿지 않게 1밀리미터 정도 간격을 둬야 해. 안 그러면 브레이크를 밟을 때 타이어 옆면이 마모될 수 있거든……."

아빠도 옆으로 와서 나와 함께 흥미진진한 눈빛으로 그들을 지켜봤다.

잠시 후 어떤 아저씨가 가게 주인을 찾아왔다. 주인이 청년에게 말했다.

"잠깐 일이 좀 생겨서 금방 다녀오마. 너 혼자 할 수 있겠니?"

아빠가 얼른 나섰다.

"내가 도와줄게요. 나도 할 줄 알아요."

주인은 그 말을 듣고는 안심하며 자리를 떴다.

주인이 가게를 비운 후, 아빠는 마치 혼잣말처럼 말했다. 어릴 적에 본인이 타던 자전거를 분해했다가 할아버지한테 호되게 야단맞은 적이 있다고 말이다. 할아버지가 아빠더러 원래대로 조립하지 못하면 앞으로 새 자전거는 꿈도 꾸지 말라고 했다는 거다. 오기가 생긴 아빠는 부품을 한가득 들고 자전거 가게에 찾아가 조립하는 방법을 가르쳐 달라고 부탁했고, 꼼꼼히 필기까지 하며 배워서 그런지 평생 잊으려야 잊을 수가 없게 됐다고 했다.

그때가 지금까지 내가 본 아빠의 모습 중에 아빠가 가장 길게 말한 순간이었다. 아빠 자신의 얘기를 한 것도 처음이었다. 사실 난 그 얘기를 듣고 깜짝 놀랐다. 나도 어릴 때 호기심에 장난감 자동차를 분해한 적이 있기 때문이었다. 할아버지가 그랬던 것처럼 엄마도 나를 단단히 혼냈고, 나 역시 아빠와 마찬가지로 꿋꿋하게 장난감 자동차를 다시 조립했다.

아빠도 나처럼 오기가 강한 사람이었나 보다.

청년이 작업하는 걸 봐주던 아빠는 내게도 직접 조립해 보게 했다. 어떻게 조립하는지 가르쳐 주는 아빠의 모습이 굉장히 멋졌다.

자전거 두 대가 다 조립될 무렵 가게 주인이 돌아왔다. 주인이 기뻐하며 말했다.

"거봐, 한구석이 없어지고 사방으로 흩어진 것도 다시 조립하면 제 모습을 찾을 수 있다니까. 심지어 더 소중해지지."

청년이 환하게 웃으며 자전거를 끌고 떠났다.

아빠와 나도 민박집을 찾아 수리점을 나서려던 참이었다. 아빠가 주인에게 부품비가 얼마냐고 묻자, 주인은 뜻밖에도 이렇게 대답했다.

"원래 우리 가게는 돈을 안 받아요. 그래도 돈보다 더 귀한 걸 얻으니까."

"네?"

아빠는 잠시 어리둥절한 듯하더니 나지막하게 중얼거렸다.

"정말 특별한 가게네."

우리는 주인에게 인사를 건네고 자전거를 타고 떠났다.

자전거 수리점 주인은 정말 특별한 사람이었다. 우리한테 해 준 말도 특별했다. 특히 "한구석이 없어지고 사방으로 흩어진 것도 다시 조립하면 제 모습을 찾을 수 있다니까. 심지어 더 소중해지지."라고 한 말이 귓가에서 메아리쳤다. 자전거를 타고 가는 내내 말이다.

언제부터인가 아빠와 나는 자전거를 나란히 몰았다. 어느새 하늘이 다시금 저녁노을을 조립하고 있었다. 다음 순간에 어떻게 조립될지 알 수 없기에 그 노을이 무척 아름답고 더없이 신비로워 보였다.

나만이 알 수 있는 것

자원의 이야기

나와 오빠는 해마다 여름 방학이면 시골에 내려가 할아버지 할머니와 함께 지내곤 했다.

아주 어렸을 때 부모님이 도시에 돈을 벌러 나가면서 할아버지와 할머니가 나와 오빠를 돌봐 주셨다. 그러다가 부모님이 집을 사고 돈을 모으자 오빠를 먼저 데려갔고 그다음이 내 차례였다. 나는 오랫동안 함께 지낸 할아버지와 할머니를 떠나는 게 몹시 아쉬웠다. 그래서 도시로 옮겨 간 후에도 방학이 조금 길다 싶으면 무조건 시골에 내려가겠다고 떼를 썼다. 하지만 한 해 두 해 시간이 지나면서 시골에 아이들이 점점 줄었고 같이 놀 친구를 찾기가 어려워졌다. 나도 어느새 예전과는 달라졌다. 방학이 오기도 전에 시골에 가고 싶어 안달이었던 모습은 옛일이 되어 갔다. 오히려 할머니가 나더러 놀러 오라고 전화를 걸고는 했다. 그나마 시골에 내려가도 머무는 기간이 갈수록 짧아졌다.

그러다 올해 할아버지가 돌아가셨다. 나는 시골에 혼자 있는 할머니가 안쓰러워서 이번 여름 방학에는 특별 활동도 건너뛰고 친구들과 여행 가는 것도 관둔 채 시골에 내려가 할머니 곁에 있기로 했다. 그런데, 내가 점점 나이를 먹어서 그런 걸까? 시골에서 지내는 게 굉장히 따분했다. 할머니의 말동무를 해 드리고 집안일을 도울 때를 뺀 나머지 시간은 대부분 휴대폰을 갖고 놀거나 다이어트 체조를 했다. 살을 빼고는 싶으면서도 운동은 질색이라 지금껏 나의 다이어트는 실패를 반복해 왔다. 얼마 전, 오만 가지 별난 꾀가 많은 우리 오빠가 나한테 자극 요법을 들이댔다. '다이어트 계약서'를 쓰자고 말이다. 다이어트에 성공하면 오빠가 상으로 휴대폰을 주기로 했다. 오빠 친구가 안 쓰는 휴대폰 한 대를 오빠한테 줬는데 사양이 아주 뛰어났다. 그 휴대폰이 탐나긴 하지만 운동은 너무 힘들다.

시골에 온 지 이삼일이 지난 아침이었다. 할머니와 아침을 먹고 설거지를 도운 후, 휴대폰을 들여다보려고 거실 한쪽에 놓여 있는 긴 의자에 앉았다. 그런데 의자 등받이의 느낌이 좀 이상했다.

"얘야, 거기 앉지 마라. 망가졌어."

할머니가 말했다.

"네."

난 소파 쪽으로 옮겨 앉았다.

그때 갑자기 바깥에서 활기찬 교향곡이 울려 퍼졌다. 텔레비전을 켜려던 할머니가 리모컨을 내려놓으며 말했다.

"채소 트럭이 왔구나. 같이 장 보러 가자."

채소 트럭은 큰 소리로 방송을 해서 사람들을 불러 모으는 게 보통이다. "왔어요, 왔어요, 싱싱한 채소가 왔어요." 아니면 유행가를 틀기도 한다. 그런데 세상에, 이런 교향곡을 트는 채소 트럭이 있다니. 아무래도 이상해서 할머니한테 물었다.

"저게 채소 트럭이 맞아요?"

"기상 음악 같지? 올해 들어 저 채소 트럭이 오기 시작했는데 매번 저런 음악을 틀더라. 졸다가도 눈이 번쩍 떠지는 교향곡으로 말이야. 그리고 사장이 참 착해."

할머니는 내게 얘기하면서 손으로는 부지런히 지갑과 장바구니를 챙겼다. 나는 준비를 마친 할머니 뒤에 바짝 붙어서 따라나섰다.

채소 트럭이 교향곡을 트는 것도 특이했지만, 트럭의 모습을 직접 보니 더 놀라웠다. 어릴 때부터 시골에서 자라면서 트럭은 많이 봤지만 이건 좀 달랐다. 적재함에 플라스틱 상자와 종이 상자들이 줄지어 실려 있고, 그 안에는 잎채소류와 과일, 두부와 건두부, 전골 재료가 가득했다. 적재함 천장에는 두부피와 콩 가공품, 건표고버섯 등 말린 식재료들이 매달려 있었다. 트럭 한 대가 그야말로 작은 백화점과 다를 바 없었다. 겹겹이 쌓인 격자 선반 위에는 각종 채소와 과일, 버섯과 달걀 외에도 간식거리와 간장류, 조미료가 진열되어 있었고, 아이스박스를 열자 생선과 고기도 보였다. 심지어 미리 얘기하면 이불이나 옷, 속옷을 주문할 수도 있었다.

게다가 채소 트럭 사장은 의외로 젊은 여자였다. 그것도 아주 예쁘고 우아한 언니였다. 입고 있는 옷이 귀여우면서도 자연스럽고 편해 보이는 게, 뭐랄까 '숲속 소녀풍'(마치 숲속에 사는 소녀와 같은 느낌의 패션. 빈티지, 자연주의, 보헤미안 스타일 등과 유사함—옮긴이)이었다. 웃는 모습마저 어찌나 상냥한지 내가 예전에 본 아저씨나 아주머니 사장님들과는 전혀 달랐다.

할머니가 채소를 고르는 동안 나는 장바구니를 들고 한쪽에 멍하니 서 있었다. 그 언니가 웃으며 나를 바라보더니 할머니한테 불쑥 물었다.

"손녀예요?"

"응, 친손녀야. 여름 방학이라서 왔어."

"할머니 보러 왔구나. 복이 많으시네요."

"그건 아니고. 어릴 때부터 내가 키워서 잘 따르는 편이지."

"할머니, 요새 건강이 한결 좋아졌나 봐요."

"좋지, 좋아."

"그러니까요. 안색이 아주 밝아지셨어요."

"이징, 이따가 우리 집 좀 잠깐 봐줄래?"

이름이 이징이구나. 그건 그렇고 봐 달라고? 뭘 봐 달라는 거야?

"네, 할머니. 제가 도와드릴 일이 생겼나요?"

"긴 의자가 망가졌어."

"알겠어요. 이따가 들를게요."

망가진 의자를 어째서 이징 언니한테 봐 달라고 하지?

할머니가 채소를 다 골랐을 무렵 다른 할머니들도 하나둘 트럭에 모여들었다. 다들 이징 언니가 아주 친숙한 듯 인사를 건네고 이야기를 나눴다. 우리 할머니도 그분들과 어울려 잠깐 담소를 나눈 후 나를 데리고 집으로 향했다. 열 시가 지나자 할머니가 무 부침개 만들 준비를 했다. 이따 언니에게 대접할 거라고 말이다. 세상에나! 할머니가 만든 무 부침개 맛은 천하제일이라 말만 들어도 군침이 돌았다. 하지만 난 다이어트 중인데……. 흐흑, 울고 싶다!

아까 집으로 돌아오는 길에 이것저것 궁금한 점을 할머니한테 물었다. 알고 보니 이징 언니는 채소를 팔면서 어르신들의 건강까지 살뜰히 챙기고 있었다. 채소를 사러 오셔야 할 어르신이 오시지 않으면 언니가 그 집에 찾아가 별일이 없는지 확인한다고 했다. 그뿐만 아니라 어느 집 대문이 망가지거나 전구 불빛이 어두워져도 언니가 나서서 도와주곤 했다니. 우아! 정말 뜻밖이었다. 그렇게나 예쁘고 우아한 언니가.

잠시 후 언니가 집에 왔고, 때마침 무 부침개도 완성됐다. 언니가 냄새를 맡으며 감탄했다.

"맛있겠다."

할머니가 무 부침개를 내오자 언니는 크게 한 입씩 베어 먹기 시작했다. 한 개를 금세 다 먹고는 고개를 들어 날 바라보며 의아한 듯 물었다.

"너는 안 먹어?"

"다, 다이어트 중이라서요."

할머니가 끼어들었다.

"자기가 너무 뚱뚱하다나. 제 오빠랑 무슨 다이어트 계약서까지 썼다고 저런다니까. 그런 계약서가 있어?"

"다이어트 계약서?"

언니가 흥미롭다는 표정을 지었다.

우리가 이야기를 나누는 동안 할머니는 뒤뜰에 나가 집안일을 했다. 난 어떻게 해서 다이어트 계약서를 쓰게 됐는지 구구절절 설명했다.

"살을 빼고는 싶은데, 하필 또 먹는 걸 좋아하고 운동은 질색이거든요. 오빠가 그걸 알고는 그러더라고요. 날씬해야 예쁘다고 말이에요. 날 돕겠다면서 다이어트 성공 상품까지 직접 내걸었다니까요. 자기 친구한테 받은 휴대폰을요."

나는 계약서를 꺼내서 언니에게 보여 줬다. 다이어트에 실패하면 '열 가지 동물의 울음소리를 흉내 낼 것'이라고 쓰인 벌칙 조항을 읽고는 언니가 깔깔거리며 웃기 시작했다.

"너희 오빠 정말 재밌다! 둘이 사이가 굉장히 좋은가 봐."

"그럭저럭요. 어쨌거나 살 빼는 건 너무 힘들어요. 나도 무 부침개 먹고 싶은데."

나는 무 부침개를 뚫어지게 쳐다보며 침을 꿀꺽 삼켰다.

접시 위에 남아 있던 무 부침개를 언니가 얼른 먹어 치웠다.

"됐어. 눈에 안 보이면 괴롭지 않을 거야. 그런데……. 내가 보기엔 네가 전혀 뚱뚱하지 않은데."

"진짜로 뚱뚱해요. 나도 언니처럼 날씬하고 예뻤으면 좋겠어요."

난 언니가 정말 부러웠다.

언니가 미간을 찌푸리며 말했다.

"날씬해야 예쁘다는 기준은 사람들이 만들어 낸 거야. 사실은 각자 자기만의 아름다움이 따로 있는데 말이지. 나의 어떤 모습이 아름다운지는 나만이 아는 거고."

"네?"

언니의 말이 무슨 뜻인지 알쏭달쏭했다.

그때였다. 어디선가 바퀴벌레 한 마리가 튀어나왔다. 언니는 동작이 아주 날쌨다. 번개처럼 날아올라 한쪽 발을 쭉 뻗었다. 거침없고 정확한 발놀림에 바퀴벌레가 곤죽이 됐다. 언니는 아무렇지 않다는 듯 슬리퍼 바닥을 화장지로 말끔히 닦았다. 난 놀란 눈으로 한쪽에 멍하니 서 있다가 한참 만에 입을 뗐다.

"안 무서워요?"

"하나도 안 무서운데."

내가 말을 이었다.

"사실 나도 별로 무섭진 않아요. 그런데 저번에 내가 바퀴벌레를 잡으려고 집 안을 들쑤시고 다니는데 오빠가 고개를 저으며 말했어요. 만약 날 좋아하는 남자애가 그런 모습을 보면 나에 대한 환상이 와장창 깨질 거라고요. 여자는 여성스러워야 한다고 부모님도 늘 얘기했고요."

언니가 나를 바라보며 천천히 물었다.

"그래서, 여성스러운 게 뭔데?"

난 잠시 생각한 끝에 대답했다.

"언니처럼 트럭을 몰고 다니면서 채소를 팔고, 바퀴벌레가 보이면 거침없이 밟아 죽이고, 찌부러진 바퀴벌레도 징그러워하지 않고, 가구를 고치고, 전등을 가는 건 모두 여성스러운 게 아니겠죠."

언니가 고개를 끄덕였다.

"맞아, 난 그런 사람이야. 확실히 남들이 정해 놓은 여성스러운 모습은 아니지. 하지만 그게 내 모습이야. 난 그런 스스로가 맘에 들고 가장 예쁘다고 생각해."

"네?"

난 지금까지 그런 식의 얘기는 들어 본 적이 없어서 어리둥절했다.

"자기가 어떤 때에 가장 예쁜지는 자신만이 알 수 있는 거야. 누가 대신 찾아 줄 수도 없고. 자, 이제 의자를 고쳐야겠다."

공구함을 꺼낸 언니가 의자의 상태를 살폈다.

"나무를 맞물려서 만든 의자네. 고칠 수 있겠다."

언니는 의자 등받이의 긴 나무판을 두들겨서 빼낸 후에 접착제를 바른 다음 다시 끼워 넣었다. 그런 언니의 모습이 참 예쁘다는 생각이 들었다. 예쁘게 생겼다는 말로는 부족한 느낌이었다. 그나저나 의자를 고치는 게 원래 그렇게 간단한 일이었나 보다. 심지어 재미있어 보이기까지 했다. 그런 생각을 하고 있는데 언니가 고개를 들더니 웃으며 물었다.

"너도 해 볼래?"

내가 얼른 대답했다.

"네!"

"그럼 이리 와."

의자 쪽으로 다가가서 언니가 가르쳐 주는 대로 긴 나무판을 두들겨 원래 자리로 넣었다.

"잘하네, 너 목공에 소질이 있는 것 같아."

언니가 나를 칭찬했다.

"정말요?"

난 좋아서 미소가 절로 지어졌다.

땅땅땅땅땅……. 의자 고치는 게 이렇게 재미있을 줄이야! 나무판 두들기는 소리마저 마치 음악 소리처럼 듣기 좋았다.

신비로운 보물 창고

아휘의 이야기

우리 섬은 워낙 작아서 교통이 형편없었다. 일거리를 찾아 섬을 나간 사람들이 집에 한번 돌아오기도 쉽지 않을 정도였다. 사정이 그렇다 보니 한 집 두 집 섬을 떠나서 이제는 스무 가구 정도밖에 안 남았다. 학교마저 문을 닫았다.

아빠는 어쩔 수 없이 가오슝에 사는 친척 집에 나를 보내 학교에 다니게 했다. 다행히 이번 여름 방학에는 섬까지 단번에 오는 사설 운항선이 생긴 덕분에 한결 수월하게 부모님을 만나러 올 수 있었다.

사실 부모님이 아니라면 돌아오고 싶지 않았을 거다. 나는 철이 들면서부터 줄곧 섬을 떠날 생각만 했다. 이렇게 별 볼 일 없는 섬 구석에 처박혀서 무슨 미래를 꿈꿀 수 있을까?

여긴, 그야말로 지긋지긋하게 낙후된 섬이다. 아빠도 젊었을 때 섬을 떠났었다. 육지에 나가 몸이 부서져라 일했지만 결국 사업에 실패했고, 갓난아이였던 나와 엄마를 데리고 섬으로 돌아올 수밖에 없었다. 섬에 돌아온 후 아빠는 할아버지의 뒤를 이어 뱃사람이 됐다. 고기를 잡는 일이 워낙 고된 까닭에 아빠는 입만 열면 한숨이었고 종종 분노 섞인 푸념까지 늘어놨다.

"대체 어쩌라는 건데? 마을 사람들도 해마다 줄고, 바닷속 물고기까지 해마다 줄어드니, 원! 이제는 난데없이 국립 공원을 만든다며 경찰이 나서서 고기를 못 잡게 하다니. 어획 금지는 무슨, 얼어 죽을! 고기를 아무리 잡아도 먹고살기 힘든데……."

이런 곳, 이런 생활을 누가 좋아하겠어? 언젠가 꼭 부모님과 함께 도시에서 떵떵거리며 살 테다. 섬을 영영 떠나서 말이다. 답답한 마음을 곱씹으며 부둣가의 돌멩이를 연신 발로 찼다. 그러고는 바닥에 쭈그리고 앉아 눈을 가늘게 뜨고 먼 바다를 바라봤다. 태양이 온통 황금색으로 쏟아져서 수평선이 눈부시게 빛났다. 문득 나처럼 쪼그리고 앉아 바다를 보고 있는 사람이 근처에 또 있다는 걸 알아챘다.

잠시 후, 바다를 바라보던 그 남자를 향해 대머리 남자가 뛰어와서 아는 척을 했다.

"샤오 대장, 당직 안 서?"

샤오 대장이라고? 그를 찬찬히 뜯어봤다. 젠장! 그 사람이잖아. 국립 공원 순찰대의 샤오 대장. 사람들은 그를 샤오 대장이라고 불렀다. 칫, 대장이 아니라 두목이겠지, 악당 두목!

샤오 대장이 몸을 일으키더니 그 대머리 남자에게 웃으며 말했다.

"상부에서 순찰선을 가져가 버려서 근무하고 싶어도 못 해요."

"무슨 일인데?"

샤오 대장은 고개를 저었다.

"몰라요. 지난번엔 제가 저인망(바다 밑바닥으로 끌고 다니면서 물고기를 잡는 그물-옮긴이) 어선들을 강력하게 단속한 일로 어민들이 민원을 넣어서 순찰선을 압수당했거든요. 이번에는 어떻게 된 건지 잘 모르겠어요. 아무튼, 근무하려고 보니까 순찰선이 없어졌더라고요."

샤오 대장이 앞에 말한 그 사건은 나도 똑똑히 기억한다. 우리 섬의 해역이 국립 공원으로 지정되면서 저인망으로 고기를 잡는 게 금지됐다. 하지만 이미 고기가 많지 않은 상황에서 저인망까지 안 쓰면 어획량이 더 줄어들 텐데 그럼 우리는 어떻게 살라는 말인가? 한번은 아빠와 외출했다가 샤오 대장과 마주친 적이 있다. 아빠는 길 한복판에서 그에게 고래고래 소리를 질렀다.

"윗사람들이 일찌감치 대충 눈감아 주라고 했을 텐데? 당신이 뭔데 우리를 못살게 구는 거야? 어민들도 사람인데 먹고는 살아야지. 우리를 들들 볶아서 당신한테 득이 될 게 뭐냐고?"

나는 그날 일로 샤오 대장의 얼굴을 똑똑히 기억하게 됐다. 어민들은 죽거나 말거나 자신의 공적을 쌓는 데만 열을 올리더니. 샤오 대장, 당신도 쓴맛을 보니까 기분이 어때?

대머리 남자가 샤오 대장에게 말을 이었다.

"저번에도 상부에서 그런 조치를 해서 대장이 떠나려고 했잖아. 결국엔 안 가고 남았지만. 혹시 또 떠나려는 건 아니지? 대장이 깐깐하게 단속한 덕분에 이 일대에 고기가 많이 늘었는데."

어서 떠나라! 어서 떠나라고! 나는 머릿속이 온통 그 생각으로 가득 찬 나머지 필사적으로 기도했다.

하지만 그는 아주 단호하게 대답했다.

"안 가요!"

순간 나는 그에게 달려가 어깨를 붙잡아 흔들며 왜 안 가냐고 따질 뻔했다.

내가 겨우 마음을 가라앉히는 동안 대머리 남자는 샤오 대장과 몇 마디 얘기를 더 나누다가 자리를 떴다. 그는 다시 쪼그리고 앉아 바다를 바라봤다. 그 모습을 슬쩍 쳐다보다가 그와 눈이 마주치고 말았다. 난 못 참고 불쑥 물었다.

"가지 그래요?"

그도 깜짝 놀라고 나 자신도 깜짝 놀랐다. 그는 나를 알아본 듯 웃으며 말했다.

"안 갈 거야, 절대로. 나한테 화난 사람들이 많은 거 알아. 하지만 어업 방식을 바꾼 어민들이 바다에 고기가 늘었다는 걸 점점 깨닫고 있어. 사실 내가 이러는 덴 이유가 있거든. 저인망을 쓰면 어획량은 많지만 작은 물고기까지 모조리 잡게 돼. 게다가 바다 밑바닥에 있는 바위 등에 걸려 그물이 뜯기기라도 하면 뜯겨진 그물 조각이 바다 밑에 가라앉거나 산호에 들러붙어서 산호를 죽이기도 하고. 그럼 바닷속 생태계가 통째로 망가지게 돼. 사회단체들이 돈을 모아서 어민들이 쓰는 저인망을 사들이는 이유도 바로 그거야. 낚시나 주낙(줄에 여러 개의 낚싯바늘을 매달아 얼레에 감았다 풀었다 하는 낚시 도구–옮긴이) 어업처럼 더 좋은 방법으로 바꾸게 하려고."

그가 길게 설명했지만 내 귀엔 아무것도 들어오지 않았다. 난 오히려 화가 더 치밀어 올라서 쏘아붙였다.

"떠날 수 있는데, 왜 안 가요? 이 쪼그만 섬에 남아서 무슨 미래가 있죠? 말해 봐요, 대체 무슨 미래가 있는지?"

그는 화를 내기는커녕 미소를 잃지 않았다.

"방금 저 아저씨도 섬을 떠났다가 다시 돌아왔어. 새로 생긴 운항선은 저 아저씨가 만든 거야. 사람들이 많이 돌아와서 섬이 더 발전하기를 바라는 마음으로 말이야."

그렇구나, 내가 편하게 집에 올 수 있게 뱃길을 연 사람이 그 대머리 아저씨였다니.

내가 잠시 말이 없자 그가 대뜸 물었다.

"참, 너 잠수할 줄 알아?"

"그건 왜요?"

여전히 적대심이 가득한 나와는 달리 샤오 대장은 줄곧 웃는 얼굴이었다.

"잠수하러 갈래?"

그가 또 물었다.

잠수? 잠수 안 한 지 꽤 됐는데, 얼마나 됐더라? 언젠가 섬을 영영 떠나겠다고 결심한 순간부터 잠수도 뚝 끊은 것 같다. 문득, 바다 깊숙이 잠수하던 느낌이 무척 그리웠다.

"하고 싶으면 따라 와."

말을 마친 샤오 대장이 앞장서서 관광 센터로 걸어갔다.

나는 일부러 한참 있다가 천천히 관광 센터로 걸어가서 꾸물거리며 잠수복으로 갈아입었다. 바다에 들어가자 가오리와 파란 불가사리가 보였다. 넓게 자리한 산호초도 눈에 들어왔다. 그런데 산호가 군데군데 그물에 감겨 있었다. 불쌍한 산호의 모습을 내가 안타깝게 바라보고 있을 때였다. 샤오 대장이 나타나 산호에 들러붙은 그물 조각을 떼어 내기 시작했다. 난 옆에서 잠자코 지켜보다가 그가 힘에 부쳐 보이자 나서서 거들었다. 뭍에 올라온 후 그가 내게 고맙다고 했다. 나는 담담하게 대답했다.

"고마워할 것 없어요. 예전에 아빠가 나한테 잠수를 가르쳐 주면서 바다는 보물 창고니까 아끼고 보호해야 한댔거든요."

그가 웃으며 말했다.

"맞아, 바다는 우리의 보물 창고야. 나더러 왜 안 떠나냐고 했지? 이 보물 창고, 이게 바로 그 이유야."

난 그를 바라보다 시선을 바다로 옮겼다. 어릴 때 아빠는 종종 나를 데리고 잠수를 했다. 그때도 오늘처럼 느긋하게 바닷속을 누비면서 신기하게 생긴 갖가지 생물들을 만나곤 했다. 아빠는 바다야말로 우리 둘의 신비로운 보물 창고라고 했다. 그러니까 꼭, 반드시 잘 지켜야 한다고. 그런데 어찌 된 일인지 우리는 그때의 기억을 잊고 말았다. 마치 없던 일처럼 새까맣게.

바다 저편에 벌써 석양이 내려앉았다. 살기등등하던 해수면이 어느새 온화하게 빛나고 있었다. 돌연 그런 생각이 들었다. 아빠와 함께 잠수하러 오면 좋겠다고.

스타의 빛나는 눈동자

임임의 이야기

나 혼자 기차를 탔다. 옆자리는 아직 비어 있다. 혼자 기차를 탄 건 이번이 처음이며, 목적지는 루이팡이다. 졸업식이 끝난 후 친구들과 생각해 낸 '여름 방학 놀이'가 바로 이거였다.

우리는 서른 가지 놀이를 정해서 각자 열심히 도전하기로 했다. 예를 들어, 직접 요리해서 디저트 만들기, 무서워하는 한 가지를 극복하기, 새로운 풍경 찾아내기……. 그중 하나가 '혼자 기차를 타고 루이팡에 가기'였다.

말이 '혼자 기차를 타고 루이팡에 가기'이지, 실은 목적지에 도착하면 다 함께 모여서 버스를 타고 지우펀에 가서 신나게 놀 예정이었다. 맛난 것도 잔뜩 먹으면서 말이다.

생각만 해도 정말 재밌을 것 같았다. 각자 흩어져서 표를 끊고 기차에 오른 후 굳이 서로 찾지 않기로 했다. 물론 우연히 같은 칸에 탈지도 모른다. 심지어 바로 옆자리일 수도 있다. 혹시 다음 역에서 타는 친구가 있다면, 그래서 비어 있는 내 옆자리에 앉는다면, 우리가 질러 대는 비명에 기차가 떠나갈지도 모른다.

아니, 어쩌면 엄청나게 멋진 남자가 옆자리에 앉을 수도 있지 않을까? '혼자 기차 타기' 놀이를 생각해 낸 친구의 바람도 바로 이거였다. 멋진 남자와 나란히 앉아 가다가 서로 인사를 건네면서 낭만적인 만남이 시작되는 거 말이다. 그 친구가 이 얘기를 했을 때 나도 다른 친구들과 마찬가지로 그 애를 놀렸었다. 그런데 지금은……. 솔직히 아주 조금은 비슷한 기대를 품고 있다.

여름 방학이라 기차 안에 사람이 많았다. 다양한 사람들을 관찰하는 것도 셀카를 찍는 것만큼이나 흥미로웠다. 문득, 서른 가지 목표 중 리루가 제안한 '무서운 것 하나 극복하기'가 떠오르자 새삼 걱정이 밀려왔다. 난 무서운 게 한두 개가 아닌데 심지어 그중 하나를 극복해야 한다니……. 어느 것이든 쉽지 않을 텐데. 리루가 그 아이디어를 냈을 때 나는 열심히 우는소리를 했다. 하지만 리루는 어른스러운 척하며 이렇게 말했다.

"인생은 도전이야. 조금만 참으면 무서운 건 금세 지나갈걸."

어휴, 조금만 참으면 금세 지나갈 거라니 말도 안 돼. 나처럼 물만 봐도 오들오들 떠는 사람은 물에 들어가자마자 꼬르륵 가라앉아 버릴 텐데.

얼마 후, 다음 역에 도착한다는 방송이 흘러나왔다. 난 조금 긴장이 되기 시작했다. 옆자리에 정말 누군가가 와서 앉으려나? 그렇다면 과연 어떤 사람일까?

눈을 크게 뜨고 입구 쪽을 바라봤다. 세상에! 설마? 어떤 아주머니가 큰 개 한 마리를 데리고 서 있는 사람들을 뚫으며 걸어왔다. 개를 데리고 기차를 탈 수 있나? 저 아주머니가 옆자리에 앉는 건 아니겠지?

그런데……. 아주머니가 정말로 내 옆에 앉았다. 나는 너무 놀라 몸을 떨면서 고개를 돌려 창밖을 바라봤다. 그 개를 볼 엄두가 안 났다.

아주머니가 개를 부르는 소리가 들렸다.

"스타, 이리 온!"

아앗! 녀석이 다가왔다. 나는 몸이 더 심하게 떨렸다.

그때 아주머니가 한 번 더 녀석을 불렀다.

"스타, 이리 온!"

이상하다? 녀석이 안 온 건가? 나는 실눈을 뜨고 살펴봤다. 녀석은 정말로 오지 않았다. 그저 복도에 앉은 채로 꼼짝도 안 하고 있었다. 녀석이 입고 있는 조끼가 눈에 들어왔다. 안내견이었구나.

그때, 아주머니가 상냥한 목소리로 내게 물었다.

"학생, 개 무서워해?"

"너, 너무 무서워요."

"개의 어디가 무서워? 얼굴? 코? 엉덩이? 아니면 꼬리?"

무슨 질문이 그래? 당연히 다 무섭지! 나는 조금 힘주어 말했다.

"다! 다요!"

"그래, 네 말이 맞네. 무서우면 당연히 다 무섭겠지. 난 안내견 위탁 가정을 운영하는데, 지금은 저 녀석을 훈련하고 있단다. 그런데 녀석이 네가 자기를 무서워하는 걸 눈치채고는 내가 오라고 해도 저기서 버티고 있어. 그러면서 어떡하면 좋을지 나한테 묻고 있지. 사실 녀석은 이리로 오고 싶으면서도 널 겁주긴 싫은 거야."

"개가 그렇게 똑똑해요? 마음을 읽을 줄도 알고요?"

난 궁금한 나머지 고개를 돌렸다. 이름이 스타라는 그 안내견을 드디어 정면으로 바라봤다.

"응. 마음을 읽지. 그렇지 않으면 어떻게 시각 장애인의 눈이 될 수 있겠니?"

내가 어릴 때 울면서 보챌 때마다 어른들이 주변에 있는 개를 가리키며 이렇게 말했다. "뚝 그치지 않으면 강아지한테 물어 가라고 한다." 그래서 난 개가 너무 무서웠다. 하지만 스타를 제대로 쳐다본 후부터는 녀석이 아주 무섭지는 않았다. 그래! 시각 장애인을 돕는 개야. 마음을 읽는 개라고.

"아주 착해 보이네요. 얼굴만 아니면, 등이나 엉덩이는 봐도 괜찮을 것 같아요."

"정말이니? 잘됐다. 그럼 녀석이 널 등지고 엎드리게 할게."

뒤이어 아주머니는 마치 아이에게 얘기하듯 스타에게 말했다.

"네가 엎드린 채로 안 쳐다보면 이 누나도 무섭지 않을 것 같대. 자, 내 발밑으로 와서 엎드려 있으렴."

정말 신기하게도, 마음을 읽는 그 개가 아주머니의 말을 알아듣고 곧바로 걸어와 엎드렸다. 더 신기한 것은 나도 더는 떨리지 않았다는 점이다. 착한 스타는 나를 위해 더는 가까이 다가오지 않고 거리를 뒀다. 그러다 보니 녀석의 두 발이 복도로 내밀려서 승무원의 눈에 뜨였다.

승무원은 아주 정중하게 말했지만, 말투에는 성가셔하는 느낌이 확 묻어났다.

"실례합니다. 안내견의 발이 복도까지 뻗어 나와서 다른 손님들의 통행에 방해가 될 것 같네요. 죄송하지만 개를 조금 더 안쪽으로 들어가게 해 주세요."

순간 나도 모르게 소리쳤다.

"그건 스타의 잘못이 아니에요!"

승무원과 아주머니 모두 깜짝 놀라 나를 바라봤다. 그래, 스타의 잘못이 아니라 내 잘못이다. 어디서 그런 용기가 났는지, 내가 아주머니에게 말했다.

"스타를 더 안쪽으로 들어오게 해 주세요."

"정말 그래도 돼?"

아주머니가 다시 물었다.

나를 물끄러미 응시하고 있는 스타를 쳐다봤다. 녀석의 새까만 눈이 반짝반짝 빛났다. 개의 눈이 이렇게 아름답고 상냥한지 미처 몰랐다.

"네, 정말 괜찮아요."

"이제 개가 안 무서워?"

아주머니가 물었다.

"네, 안 무서워졌어요."

진짜였다. 개가 더는 무섭지 않았다. 게다가 엉겁결에 '무서운 것 하나 극복하기'도 달성했다.

잠시 후 스타와 함께 찍은 사진을 페이스북에 올렸다. 친구들이 바로 '좋아요'를 누르고는 스타를 보러 오겠다는 메시지도 달았다. 물론 스타는 사람들이 함부로 구경하는 개가 아니다. 더군다나 지금은 훈련 중이다. 아주머니의 설명에 따르면, 녀석이 각종 훈련에 도전해서 다 통과해야 진짜 안내견이 된다고 했다. 그래야 비로소 시각 장애인을 안내하는 임무를 수행할 수 있는 거다.

기차가 루이팡에 도착하자 스타와 아주머니에게 작별 인사를 했다. 역에 내려 한자리에 모인 친구들이 나더러 정말 멋지다고 말해 줬다. 한 번에 두 가지 목표를 달성했으니까.

우리가 버스로 갈아타고 지우펀에 도착했을 때, 끝도 없이 높은 계단을 보고 친팡이 앓는 소리를 했다.

"계단이 대체 몇 개나 되는 거야?"

내가 어른스러운 말투로 친팡에게 말했다.

"인생은 도전이야. 조금만 참으면 무서운 건 금세 지나갈걸. 스타도 계속 도전하면서 견뎠다고."

"맞아, 스타를 본받자!"

우리가 다 함께 외치면서 계단으로 친팡의 등을 떠밀었다.

우리는 웃고 장난치면서 계단을 뛰어올랐다. 문득 스타의 눈이 생각났다. 반짝반짝 빛나던, 아주 반짝반짝 빛나던 그 새까만 눈동자가.

행운의 지하철

페이얼의 이야기

매일 아침 등굣길 일곱 시 오 분, 지하철 역사의 끝에서 세 번째 플랫폼.

나는 지하철이 들어오기를 기다리고, 도착한 지하철에 올라타려고 기다리고, 어서 다음 역으로 미끄러져 들어가기를 기다리고, 드디어 문이 열려 그가 타기를 기다린다.

그는 나와 같은 학년이지만 다른 동갑내기 남학생들과는 전혀 다르다. 녀석들은 대개 아주 시끄럽고 유치하다. 어린애들처럼 말이다. 하지만 그는 늘 무언가를 골똘히 생각하는 듯 조용했다. 키까지 커서 더 어른스러워 보였다.

그는 두 정류장 만에 내린다. 너무 짧다! 그래도 내가 같은 시간에 지하철을 타기만 하면 그를 볼 수 있다.

하굣길은 좀 어렵다. 매일 저녁 무렵, 지하철이 그가 다니는 학교 정류장에 도착하면 나는 눈에 불을 켜고 그를 찾아보곤 했다. 하지만 그는 좀처럼 보이지 않았다.

그날 저녁도 언제나처럼 실망할 줄 알았는데 지하철 문이 닫히기 직전, 그가 급히 뛰어들어 왔다. 그러고는 바로 내 뒤에 섰다.

그렇게 가까이는 처음이라 그를 쳐다볼 엄두조차 안 났다. 가슴이 사정없이 두근거리고 호흡까지 가빠졌다. 지하철 안이 추운 것도 아닌데 말이다. 그렇다고 그가 빨리 내리기를 바란 건 절대 아니다.

두 정류장은 정말이지 너무 짧다. 지하철 문이 열렸지만 어쩐 일인지 그가 내리지 않았다. 그러더니 나와 함께 종점까지 타고 갔다.

그날은 뭔가 굉장히 이상했다. 가슴이 떨려서 그의 뒤에 바짝 붙은 채로 지하철에서 내릴 수도 없었다. 몇 초 간격을 두고 겨우 지하철 문 밖으로 발을 뗐다. 눈으로는 계속 그를 쫓았다. 그가 우리 집과 반대 방향인 출구로 향했다. 난 스스로가 한심해서 한숨이 나왔다. 바로 그때였다. 교통 카드를 찍고 개찰구를 빠져나가던 그에게서 뭔가가 바닥으로 툭 떨어졌다.

"저기!"

내가 소리쳤지만 목소리가 너무 작아서 그에게 닿지 않았다.

나는 얼른 개찰구를 통과해 그의 교통 카드를 주웠다. 어서 돌려줘야 한다.

그는 벌써 에스컬레이터 쪽으로 사라졌다. 나는 서둘러 뒤쫓았다. 에스컬레이터를 계단처럼 두 칸씩 뛰어올라 출구 밖으로 나갔다. 저 멀리 그가 골목으로 들어서는 게 보였다.

사실 난 얼마 전에 여기로 이사 와서 주변을 잘 모른다.

그를 쫓아 골목에 들어서자 '행복 요양원 방향'이라고 적힌 푯말이 보였다. 저긴 대체 왜 가는 거지?

상관 말자. 교통 카드부터 돌려줘야지, 얼른!

그런데 그를 놓친 것도 모자라 길까지 잃었다. 이 동네는 미로가 따로 없었다.

길을 물어볼 만한 사람도 없었다. 걸으면 걸을수록 마음이 조급해지고 초조해졌다. 걷다 보니 다리가 나왔다. 다리 양옆으로는 넓은 공사장이 보였다. 다리 건너편은 어떤 동네지? 그는 도대체 어느 쪽으로 간 거야?

저기다! 그가 보였다. 내가 힘껏 달려서 다리를 건너는 순간 그의 모습이 또 사라졌다.

"여기 네 교통 카드가 있는데……."

나는 발을 동동 구르다가 어깨를 축 늘어뜨렸다.

주변에는 붉은 벽돌집이 아주 많았다. 낡고 부서지긴 했어도 제법 멋스러워 보였다. 푸른 잎사귀와 가지가 무성한 나무도 한 그루 서 있었다. 뭐 이런 데가 다 있지?

얼마나 걸었을까. 저 앞쪽 길모퉁이에서부터 전동 휠체어가 다가왔다. 휠체어가 어느 정도 가까워졌을 때 나는 화들짝 놀라 뒷걸음질을 쳤다. 일그러진 얼굴에 손이 뒤틀린 사람이 휠체어에 타고 있었다.

난 뒤로 두 발짝, 세 발짝, 네 발짝 물러서다 어떤 사람과 부딪혔다. 순간 등줄기에 땀이 흘렀다. 또 이상하게 몸이 뒤틀린 사람일까?

뒤돌아봤더니 뜻밖에도 그가 서 있었다.

나는 안도의 한숨을 내쉬며 손에 들고 있던 교통 카드를 내밀었다.

"네 거야."

"아, 잃어버렸는지도 몰랐는데. 고마워."

그는 그렇게 대답하고는 휠체어 탄 남자에게 아는 척을 했다.

"아저씨."

휠체어에 탄 남자가 뒤틀린 손을 흔들더니 웃는 얼굴로 나를 가리키며 그에게 물었다.

"네 친구니?"

그는 "어" 하는 소리만 냈다.

휠체어에 탄 남자는 곧 자리를 떠났다.

"저 사람은……?"

내가 그에게 물었다.

"행복 요양원에 사는 분이야."

"행복…… 요양원……?"

"들어 본 적 없어? 한센병 환자들이 생활하는 곳이야."

내가 고개를 저었다.

"예전엔 나병으로 불렸는데 지금은 한센병이라고 해. 마비를 일으키는 병균에 감염돼서 얼굴이 변하고 근육이 위축되면서 손발에도 궤양이 생겨 문드러지는 병이지. 전염되는 병이 아닌데, 옛날엔 의학 지식이 뒤떨어져서 전염병인 줄 알았대. 그래서 환자를 모두 이곳에 격리시킨 거야."

"그럼……?"

"모두 여기에 갇혀 살았지. 사람들 시선도 곱지 않았고. 그러다 이 달동네가 지하철 차량 기지로 선정되면서 요양 시설의 상당 부분이 사라졌어. 이 건물도 원래 치료 시설이었는데 가장 먼저 철거됐지."

그가 말한 건물의 옆모습이 보였다. 아주 근사하게 생긴 건물이었다.

"산비탈을 깎는 바람에 남아 있던 요양원 건물 여기저기에 균열이 생겼었어. 정부에 항의해서 겨우 보수 공사가 이뤄졌지."

우리에게 편리함을 가져다준 지하철이 그들에겐 불행을 안긴 셈이었다.

"넌 그런 걸 어떻게 다 알아?"

"음."

그가 웃었다. 그러더니 고개를 들어 멍하니 먼 곳을 응시했다.

"어릴 때 엄마랑 자주 왔었거든. 저 건물 말이야."

예전에 치료 시설이었다던 건물을 가리켰다.

"내가 탐험 놀이를 하던 곳이야."

하얀 이를 드러내며 웃는 그의 모습이 굉장히 멋있었다.

"엄마가 환자들과 얘기할 때 그 건물에 슬쩍 들어가곤 했지."

그는 나한테 얘기하는 게 아니라 추억을 곱씹고 있는 듯했다.

"건물 안이 어두컴컴해서 너무 궁금했거든. 무서워서 매번 금세 나오긴 했지만. 한번은 뒤뜰까지 가 봤는데 거긴 굉장히 밝더라. 아주 푸르고 특이하게 생긴 나무가 있어서 나도 모르게 한참을 바라봤었어. 그때 엄마가 날 찾으러 왔다가 아예 건물 여기저기를 구경시켜 줬어. 어디가 접수처고, 어디가 진료실이고 자료실인지. 엄마가 이런 얘기도 해 줬어. 어떤 환자들은 너무 고통스러운 나머지 복도에서 목을 매달아 자살했다고."

"무섭지 않았어?"

그 건물이 내뿜는 으스스함에 내 몸과 목소리가 떨렸다.

"무서워서 덜덜 떨었지. 그날 이후로는 여기 올 때마다 엄마 뒤에 숨었어. 그때 엄마가 '겁낼 거 없단다. 환자들이나 우리나 죽으면 같은 곳에 가니까.' 하고 말해 줬는데, 그래도 난 무서웠어. 그러다 엄마가 돌아가신 후부터는 무섭지 않더라고. 엄마가 생전에 여기서 환자들과 다정하게 지냈던 것처럼 엄마가 지금 있는 그곳에서도 환자들이 엄마의 친구가 되어 줄 테니까."

나 때문에 그가 가슴 아픈 일을 떠올렸나 보다. 작년에 세상을 떠난 우리 집 강아지 페이비가 생각났다. 녀석도 그곳에 같이 있을까? 내가 가만히 그에게 말했다.

"미안."

그가 고개를 저었다.

"난 여기 와서 예전에 엄마와 함께 봤던 나무를 보고, 엄마와 함께 머물던 장소에 있다 보면 마치 엄마가 여전히 살아계신 것 같아. 엄마랑 얘기하는 것처럼 느껴지거든."

나도 안다. 나도 페이비와의 추억이 수없이 많으니까. 페이비가 그의 엄마가 있는 곳에 함께 있다면 녀석도 외롭지 않을 텐데. 그런 생각이 드니 마음이 점점 따뜻해졌다.

그는 나에게 이곳저곳을 구경시켜 줬다. 우리 집 주변이지만 낯선 그 동네를 말이다. 나는 여전히 조금 무섭긴 했지만 괜찮았다. 그가 옆에 있었으니까.

우리는 천막 밑에서 목공 작업 중인 환자를 만났다. 그 환자는 굽고 말려 들어간 손으로 정교하고 아름다운 목공예품을 만들고 있었다. 우리는 요양원 안의 화려한 절을 보며 감탄하기도 했다. 손발이 불편한 환자들이 직접 벽돌을 들고 기와를 날라서 지은 곳이었다.

뒤틀리고 굽은 겉모습 뒤에 놀랄 만큼 강한 의지가 있었던 거다!

그 이후로도 나는 매일 아침 등굣길에 같은 지하철을 탄다. 겨우 두 정류장이라는 짧은 시간에 대해 복잡 미묘한 애틋함을 가지고.

내가 그에게 물었다.

"지하철이 그 환자들한테도 행운을 가져다줄까?"

그가 대답했다.

"그럴 거야! 사람들이 그들을 비뚤어진 눈으로 바라보지만 않는다면."

쓰레기!

바오디의 이야기

"쓰레기!"

인도 위의 쓰레기통을 힘껏 걷어찼다. 금방이라도 폭발할 것 같은 분노를 조금이나마 풀어 보려고 말이다.

화가 나는 건가? 아니면 억울해서? 나도 잘 모르겠다. 화가 나서든 억울해서든 아무튼 그 대상은 나 자신이었다. 내가 참 쓸모없다는 생각에 견딜 수가 없었다. 난 어려서부터 지금껏 모든 일을 부모님이 정한 대로 따를 줄밖에 몰랐다.

미국으로 건너와 여름 캠프에 참가한 것만 해도 그렇다. 캠프 등록부터 이모네 집에 머무는 것까지 모든 준비 과정을 부모님이 알아서 처리했다. 심지어 캠프 활동 이외의 시간에 뭘 할지조차 엄마 아빠가 바다 건너에서 결정했다. 캠프 프로그램 자체는 고리타분하지도 않고 중간에 여행 일정까지 있어서 상당히 재밌었다. 다만, 등 떠밀려 참가했다는 생각에 시간이 갈수록 기분이 안 좋아졌다. 급기야 오늘, 드디어 폭발했다. 나는 몸이 아픈 척하고 이모한테 부탁해서 아예 캠프에다 휴가를 냈다. 그러고는 이모가 외출하자마자 집을 빠져나왔다. 발길 닿는 대로 돌아다니던 나는 어느새 주택가를 벗어나 교차로에 다다랐다.

주택가 밖 대로에는 오가는 차가 많았다. 커다란 창고형 매장과 상점이 대로를 따라 간간이 우뚝우뚝 솟아 있었다.

쓰레기통을 한 차례 걷어차자 기분이 조금 나아지긴 했지만 역시 그걸로는 부족해서 또 걷어찼다. 나 자신에게 거친 말도 내뱉었다.

"넌 정말 쓰레기라고!"

그렇게 한 번 더 화풀이한 후 뒤돌아섰을 때였다. 자전거를 탄 남자가 나를 물끄러미 쳐다보고 있었다. 그는 자전거를 조금 기울여서 왼쪽 발은 페달 위에, 오른쪽 발은 보도블록 끄트머리를 밟고 선 채 신호등이 바뀌기를 기다렸다.

'흥! 보긴 뭘 봐. 볼 게 뭐 있다고.'

나는 속으로 투덜거리며 걸어갔다.

파란불로 바뀔 무렵 횡단보도 앞에 도착했다. 그가 '슝' 하고 내 옆을 지나쳐 갔다.

그 뒷모습을 바라보면서 어쩐지 낯이 익다는 생각이 들었다. 혹시 아까 돌아다니면서 길에서 본 사람인가? 알 게 뭐야? 봤으면 어떻고 안 봤으면 또 어때, 지금 그게 중요하냐고. 난 계속해서 정처 없이 돌아다녔다. 정면에 쓰레기통이 또 보였다. 쓰레기통을 걷어차는 느낌이 제법 짜릿했기 때문에 참지 못하고 또 다가가서 쓰레기통을 걷어찼다. 그러면서 한마디 곁들였다.

"쓰레기!"

확실히 짜릿했다! 그런데 짜릿함은 금세 사라지고 알 수 없는 우울감이 빌려왔다. 나도 모르게 옆에 있는 벤치에 털썩 주저앉았다. 이제 몇 시간 후에는 이모네 집으로 돌아가야 하고, 이틀 후엔 얌전히 캠프에 돌아가야 하는데…….

이 모든 것 중 어느 것도 바뀔 리가 없었다.

"바꿀 수 있을까?"

나 자신에게 물었다. 아마 안 될걸. 자전거를 좋아하는 내 친구 아웨이는 삼촌을 졸라서 여름 방학 동안 자전거 전국 일주 행사에 함께 참여했다. 또 다른 친구 샤오샤는 영화가 좋다며 '단편 영화 제작 캠프'에 직접 등록했다.

그런데 나는?

부모님이 짜 놓은 계획에 반기를 들고 싶어도 막상 내가 뭘 하고 싶은지조차 말할 수가 없었다. 그러니 뭘 바꿀 수나 있겠냐고.

그런 생각이 들자 온몸에 맥이 탁 풀렸다.

한참이 지난 후에야 떨군 고개를 들었다. 아까 날 바라보던 그 자전거 탄 남자가 또 보였다. 이번엔 길 건너편에서 나를 바라보고 있었다. 게다가, 이상하게도 좀 전에 신호등을 기다릴 때 봤던 알록달록한 녹색 승합차까지 옆에 똑같이 서 있었다. 생각났다! 틀림없어. 아까 주택가를 돌아다닐 때도 봤다. 바로 저 남자와 녹색 승합차.

순간 등골이 서늘해졌다. 아무 데나 함부로 돌아다니지 말라고 이모가 신신당부했던 게 떠올랐다. 근처 동네에서 어린이 유괴 사건이 있었다고 했다.

'나를 점찍은 걸까?'

온몸의 솜털이 곤두섰다. 우울하다고 신세나 한탄할 때가 아니었다. 나는 벤치에서 벌떡 일어나 바로 옆 주택가로 허겁지겁 뛰어갔다. 그런데 막상 가서 보니 거기는 오가는 사람도, 차도 거의 없어서 더 위험할 것 같았다. 정면에 높이 매달린 슈퍼마켓 간판이 보이자마자 그쪽으로 내달렸다.

달리면서 몇 번 뒤돌아봤는데 그 자전거 탄 남자와 승합차는 안 따라오는 듯했다.

그래도 가슴이 계속 쿵쾅거렸다. 남자와 승합차가 골목길에서 갑자기 튀어나올까 봐 무서웠다. 슈퍼마켓 안으로 들어가 사람들을 발견한 후에야 겨우 한숨을 돌렸다.

나는 음료수 한 병을 사서 계산하고는 남자 화장실에 갔다. 화장실을 나서는데, 옆쪽으로 슈퍼마켓 뒤편과 연결되는 쪽문이 보였다. 직원 몇 명이 문밖에서 담배를 피우고 있었다. 음료수를 마시면서 바람 쐬기에 적당한 장소인 듯해서 그쪽으로 걸어갔다. 그런데 쪽문을 나가자마자 어떤 사람과 부딪혔다. 누군가 봤더니, 바로 그 자전거 탄 남자였다!

나는 더는 참을 수가 없어서 목청껏 소리쳤다.

"대체 뭐예요?"

그가 영문을 모르겠다는 듯 쳐다봤다. 다른 사람들도 어리둥절한 표정으로 나를 바라봤다. 그가 문 옆의 쓰레기통을 가리키며 말했다.

"쓰레기를 주우려고."

쓰레기를 줍는다고?

알고 보니 그는 특별한 프로젝트를 수행하고 있었다. 자전거로 미국을 횡단하면서 밤에는 텐트나 친구 집에서 자고, 끼니는 슈퍼마켓에서 버리는 음식으로 해결하는 중이라고 했다. 낭비되는 음식이 너무 많다는 사실을 사람들에게 알려 주는 게 그의 목적이다. 유통 기한이 막 지난 식품, 못생긴 과일과 채소 등 버려지는 음식의 양이 놀랄 만큼 많다나.

그는 승합차의 트렁크를 열어서 내게 보여 줬다. 그 안에는 빵과 과자, 음료, 과일, 샐러드 도시락 등이 가득했다.

"한 도시에 도착할 때마다 자원봉사자를 찾아서 이 쓰레기들을 실어 달라고 부탁했어. 내 자전거로는 도저히 옮길 수가 없거든. 이따 공원에다 펼쳐 놓고 사람들한테 알려 주려고. 복지 단체에 기부하든 필요한 사람한테 가져가라고 하든, 어쨌든 쓰레기도 사실 쓰임새가 아주 많다는 걸. 너도 올래?"

그가 나를 초대했다.

난 너무 의아했다. 세상에 이런 일을 하면서 사는 삶도 있다니!

갈까 말까?

그다지 오래 고민하지 않고 바로 따라갔다.

실은 그냥 따라가기만 한 게 아니라, 그 쓰레기 음식을 진열하는 일까지 도왔다. 머릿속으로 대체 무슨 생각을 했던 건지, 음식을 다 늘어놓은 후엔 나도 모르게 함박웃음을 지었다.

“정말 멋져!”

그가 내게 엄지손가락을 세워 보였다.

웃고 있는 그의 얼굴을 보니, 아까 그가 말한 쓰레기도 사실 쓰임새가 아주 많다는 말이 귓가에 맴돌았다. 쓰레기도 쓰임새가 많다. 쓰레기도, 쓰임새가 많다!

자유

콩나물의 이야기

난 정말 바보다!

엄마 잔소리에 못 이겨 머리를 자르러 간 날이었다. 여름 방학을 보내면서 내 머리는 그야말로 잡초밭이 됐다. 미용실에 들어섰더니, 미용실 안이 손님으로 북적였다. 카운터 여직원에게 담당 디자이너 이름을 말한 후 푹신한 대기석 소파에 후다닥 자리를 잡고 앉아 휴대폰을 들여다보기 시작했다.

잡초가 내 머리를 뒤덮어서였을까, 휴대폰을 보느라 너무 열중해서였을까, 누군가 다가와 내 앞에 서 있는지도 몰랐다. 그 사람이 나지막이 날 부를 때까지 말이다.

"손님, 오래 기다리셨죠. 먼저 머리부터 감겨 드릴게요."

난 그제야 고개를 들어 멀거니 쳐다봤다. 그 사람의 모습이 제대로 눈에 들어오자마자 깜짝 놀라 나도 모르게 소리쳤다.

"왕수링! 너 여기서 뭐 해? 머리 감겨 주는 직원으로 취직했어?"

말을 내뱉고 나서야 내 목소리가 너무 컸다는 걸 깨달았다. 어색하게 웃는 것 말고는 다른 수가 없었다. 왕수링은 나를 보고 미소를 짓더니 한 번 더 말했다.

"오래 기다리셨죠. 머리 감겨 드릴게요."

"어, 어, 그래."

그 아이를 따라 빈자리를 향해 걸어가면서 속으로 스스로를 욕했다. 이런 바보 멍청이! 어쩌자고 '머리 감겨 주는 직원으로 취직했어?' 같은 말을 한 거야.

내가 자리에 앉자, 왕수링은 여느 고객에게 하듯이 어떤 음료를 마시겠냐고 물은 후 음료를 가져다주었다. 그러고는 내 어깨와 목을 마사지하기 시작했고 뒤이어 머리를 감겼다.

원래는 누가 마사지를 해 주고 전문적인 손놀림으로 두피를 주물러 주면 시원하고 편안했다. 하지만 지금은 아무래도 어색한 느낌을 떨쳐 버릴 수가 없어서 신경이 곤두섰다. 왕수링이 내 동창이기 때문이다. 그것도 그저 서로 누군지만 아는 정도다. 차라리 친한 사이였다면 어쩌다 여기서 일하게 됐느냐고 대놓고 물어봤을 텐데. 아니면 이참에 대접 좀 받아 보자고 장난치면서, 내 시중을 들거나 손님이라고 존대해야 하는 어색한 상황을 무마할 수도 있을 테고.

"여기 단골이야?"

왕수링이 물었다.

"어……. 맞아. 어릴 때부터 엄마랑 다니던 게 습관이 돼서. 내가 머리를 어떻게 자르고 싶은지 여기 디자이너 선생님은 훤히 알고 계시기도 하고."

그 애가 드디어 말을 걸어 줘서 한시름 놓았다. 덕분에 대화가 오간 것도 잠시, 그 애가 다시 입을 다물었다. 나는 또 한 번 스스로에게 바보라고 욕을 퍼부었다. 방금 내가 뱉은 말이 어쩌면 걔한테는 잘난 척하는 것처럼 들릴 수도 있을 것 같았다.

다시 어색한 기분에 빠져들 즈음 그 애가 물었다.

"혹시 어디 찝찝한 데 있어?"

"아니."

"그럼 헹굴게."

"응."

그 애는 머리를 헹구면서 물이 너무 뜨겁지는 않은지, 너무 차갑지는 않은지를 물은 것 말고는 아무 말도 하지 않았다. 내가 머리를 다 감고 나오자 담당 디자이너가 기다리고 있었다. 왕수링은 다른 고객의 머리를 감겨 주러 총총히 사라졌다. 내가 머리를 다 자르고 드라이를 마칠 때까지 그 애의 모습을 볼 수가 없어서 인사도 못 하고 미용실을 나왔다.

다시 못 본 게 나은 것 같기도 했다. 괜히 어색할 테니까. 그나저나 계속 그 미용실에 다니면 또 마주칠 텐데. 에잇, 골치 아파!

그런데 얼마 지나지 않아 내가 또 멍청한 짓을 했다. 역시 왕수링과 관련된 일이었다.

나는 그날 학교를 마치고 평소처럼 공원에 가서 달리기를 했다. 그렇다고 내가 운동을 좋아하는 건 절대 아니다. 엄마 때문에 어쩔 수 없었던 거다. 간호사인 엄마는 내가 과체중이라 건강에 안 좋다며 따로 식단을 짜 주는 것도 모자라 운동해서 살 빼라고 닦달을 해 댔다.

뛰고 또 뛰었더니 숨이 턱까지 차오르고 등줄기에 땀이 흘렀다. 목도 말랐다. 달리는 속도를 서서히 줄이면서 어깨에 두른 수건으로 이마의 땀을 훔쳤다. 그러면서 가까운 돌의자 쪽으로 달려가 털썩 주저앉았다. 그러고는 허리에 두른 물통을 꺼내서 벌컥벌컥 물을 들이켰다.

양껏 물을 마시고 고개를 돌렸는데, 뜻밖에도 왕수링이 옆에 앉아 날 보며 웃고 있었다.

"안녕."

내가 조금 어색해하며 인사를 건넸다.

"안녕."

그 애가 인사를 받아 주고는 물었다.

"운동하러 왔어?"

"응, 엄마가 시켜서 하는 수 없이……."

나는 하소연을 한바탕 쏟아 낸 다음 손에 들고 있던 스마트 밴드를 흔들며 말을 이었다.

"이거 봐. 엄마가 사 준 건데, 여기에 다 기록이 되더라고. 내가 진짜로 달렸는지, 엄마가 정한 목표에 도달했는지 말이야. 아주 옴짝달싹할 수가 없다니까."

"정말 좋겠다."

"응?"

순간 '좋긴 뭐가 좋아.'라고 말할 뻔했다. 그러다 내가 또 바보같이 굴었다는 생각이 들었다. 왕수링 앞에서 스마트 밴드 어쩌고 하면서 자랑하면 안 되는 거였는데.

"어, 간식 먹고 있었어?"

반쯤 남은 빵과 음료수가 그 애 옆에 놓인 걸 보고 얼른 화제를 돌렸다.

"저녁 식사야. 저녁도 먹고 바람도 쐴 겸 나왔어. 이따 또 미용실에 일하러 가야 해."

"어, 음."

"나 말이야……. 아빠가 사업에 실패해서 집에 빚이 생겼어. 엄마가 나더러 빚 갚는 걸 도우래. 동생들 학교도 보내야 하니까. 그래서 방과 후와 쉬는 날엔 미용실에 가서 일하고 있어."

왕수링은 얘기하는 내내 정면을 응시했다. 마치 허공에 대고 읊조리는 듯했다.

난 무슨 말을 해야 할지 난감했다.

왕수링이 내 쪽으로 고개를 돌리며 이렇게 덧붙였다.

"미안, 너한테 이런 얘기를 꺼내서……."

나는 허둥지둥 손사래를 치며 말했다.

"아냐, 아냐. 네가 얘기하고 싶으면 하는 거지. 아무한테도 말하지 않을게."

망했다! 마지막 말이 오해를 살 수도 있을 것 같았다. 왕수링네 집

안 형편이 사람들한테 쉬쉬해야 할 정도라고 말이다. 난 어쩜 이렇게 바보 같을까. 너무, 너무, 너무 한심하다!

다행히 왕수링은 전혀 신경 쓰지 않는 듯했다.

"이런 얘기를 털어놓을 사람이 별로 없어. 그거 알아? 머리 감겨 주는 일은 월급이 무지 적더라. 그래도 괜찮아. 그거라도 집에 가져다주면 엄마 표정이 조금은 밝아지거든."

그 애가 내게 씩 웃어 보이더니 다시 정면의 허공을 응시하며 천천히 얘기를 계속했다.

"아무래도 일단 졸업만 하고 진학은 미룰까 봐. 그래야 집에 돈을 더 많이 벌어다 줄 수 있으니까."

"하지만……."

난 이렇게 말하고 싶었다. '하지만 네가 너무 힘들지 않겠어? 정말 이대로 괜찮은 거야?' 그런데 입이 떨어지지 않았다. 그때 작은 백로 한 마리가 날아와 연못가 바위에 내려앉았다.

"백로다."

왕수링이 좋아하며 속삭이듯 외쳤다.

백로는 바위 위에 단단히 두 발을 딛고 선 채로 수면을 노려봤다.

"물고기를 찾고 있나 봐."

한참을 찾아도 목표물이 안 보이는지 백로가 다른 바위로 날아갔다. 시간이 얼마나 지났을까. 갑자기 녀석이 뾰족한 부리를 물속으로 찔러 넣었다. 맛있는 식사에 성공했는지는 잘 보이지 않았다. 녀석은 곧바로 날개를 펴고 공중으로 솟구치더니 원을 그리며 날았다.

자리에서 일어난 왕수링은 하늘을 나는 백로에게서 눈을 떼지 못하며 이렇게 말했다.

"좋겠다."

왕수링은 백로가 저 멀리 사라지고 난 후에야 정신이 돌아온 듯 서둘러 짐을 챙겼다.

"일하러 가야겠어. 이러다가 늦겠다."

백로가 날아간 방향으로 왕수링이 뛰어갔다. 멀어져 가는 그 뒷모습을 나도 모르게 멍하니 바라봤다. 그 애는 달리면서 두 팔을 벌렸다. 마치 백로가 날개를 펴듯, 백로처럼 날고 싶은 듯.

부러움이 뚝뚝 묻어나던 좋겠다라는 한마디가 내 귓가에 메아리쳤다. 좋겠다, 좋겠다, 좋겠다…….

나는 자리에서 일어나 왕수링과 반대쪽으로 몸을 돌렸다. 다시 앞을 향해 힘껏 뛰기 시작했다. 여전히 귓가에는 좋겠다라는 그 말이 생생하게 울리는 채로.

멋진 마녀를 만나다

팬지의 이야기

북적이는 네덜란드 거리의 어느 가게 앞에 멈춰 선 엄마가 머리를 갸우뚱하며 생각 중이다.

나는 고개를 푹 숙인 채 벽을 아무렇게나 툭툭 발로 찼다. 벽을 차려고 다리를 굽힐 때마다 찢어진 청바지 구멍 사이로 허연 무릎이 드러났다. 대머리가 쑤욱 튀어나오듯 말이다. 평상시 같았으면 그런 우스꽝스러운 장면에 깔깔거리며 웃음을 터뜨렸을 거다. 하지만 지금은 전혀 웃을 기분이 아니다.

청바지의 그 구멍 옆에는, 점심때 감자튀김을 먹으면서 흘린 토마토케첩까지 묻어 있었다. 마치 대머리가 튀어나오다가 '켁' 하고 피를 한 방울 토한 것처럼 보였다. 피를 토한 대머리라니, 참 처량하다. 난 그런 처량한 심정을 잘 안다. 왜냐하면 어제 천 씨 아주머니 집을 나온 뒤부터 줄곧 내 기분이 바로 그러니까! 난 엄마와 다툰 것도 모자라 모든 걸 엉망으로 만들었다.

엄마 친구인 천 씨 아주머니는 대만에서 네덜란드로 시집을 왔다. 엄마와 아주 친한 분이라, 우리가 유럽으로 배낭여행을 간다는 소식을 듣고는 자기 집에 며칠 머물다 가라고 초대했다. 아주머니의 딸 데프니는 나와 동갑이었고 우리는 만나자마자 말이 잘 통했다. 나와 엄마를 위한 환영 파티가 열리던 날, 데프니는 특별히 자신의 사촌 오빠와 사촌 동생, 사촌 언니 등 비슷한 또래의 친척들까지 불렀다.

데프니의 사촌 오빠 월터는 외모가 정말 출중했다. 어찌나 잘생겼던지, 평소엔 수다스러운 내가 파티 내내 난데없는 실어증과 부끄럼증을 앓았다. 월터와 눈이 마주치면 재빨리 시선을 피하기까지 했다. 파티가 끝날 무렵, 집을 나서려던 월터가 내게 다가와 말을 걸었다. 이틀 후에 열리는 자신의 생일 파티에 데프니와 함께 오라고 말이다. 너무 놀라 그대로 얼어붙은 나는 입을 벌린 채 아무 말도 못했다. 데프니가 옆에서 나를 툭툭 치지 않았다면 아마 고개를 끄덕이는 것조차 잊었을 것이다.

가만히 고개를 끄덕인 게 다였지만 머리가 어질어질했다. 그렇게 잘생긴 남자애가 나를 생일 파티에 초대하다니. 하지만 기쁨도 잠시, 어떤 생각 하나가 밀려들더니 화산처럼 폭발해서는 아찔할 정도로 좋았던 기분을 순식간에 집어삼켰다. 생일 파티라면 아무래도 예의를 갖춰야 한다는 생각이었다. 내 여행 가방에는 빨아서 희끄무레해진 티셔츠 아니면 여기저기에 구멍이 뚫린 청바지밖에 없는데, 대체 뭘 입고 가지?

그날 밤 방에 돌아와서 엄마한테 투덜댔다. 파티에서 예의 바르게 보이도록 조금은 격식 있는 옷을 사 달라고 말이다. 그걸 듣고 엄마가 내뱉은 "뭐?"라는 한마디는 마치 내가 언제부터 그렇게 예의 바른 사람이 됐는지 의아하다는 느낌이었다. 바로 이어, 엄마는 실타래에서 실을 풀듯 반대 이유를 줄줄이 내놓았다.

"여기 물가가 얼마나 높은 줄 아니? 여행 경비도 빠듯한데 한 번 입고 말 옷을 새로 사다니. 게다가 짐이 또 늘잖아."

"그리고 요새 사람들은 새 옷을 몇 번 입지도 않고 옷장에 처박아 놓더라. 심지어 어떤 옷은 한 번 걸치지도 않은 채로 말이야. 지나친 소비는 자원 낭비라고."

"맨날 티셔츠랑 청바지만 입더니 갑자기 왜 그러는 거니? 남들이 화려하게 꾸민다고 신경 쓸 거 없어. 엄마 생각에는 깔끔하고 단정하게 입는 게 예의 바른 거야."

엄마는 내가 데프니의 사촌 동생이 공주처럼 차려입은 걸 부러워하는 줄 여겼나? 그게 아닌데. 절대 아니라고! 그렇다고 진짜 이유를 털어놓을 수도 없었다.

내가 입을 다물자 엄마가 나를 달랬다.

"깔끔하고 단정한 게 예의 바른 거라니까. 다른 사람 따라 할 필요 없어. 너답게 사는 게 가장 좋은 거야."

엄마는 자기 말만 하고는 방을 나갔다.

깔끔하고 단정한 게 예의 바른 거란 걸 누가 몰라서 그러나. 다른 사람 따라 할 필요 없이 나답게 사는 게 가장 좋다는 걸 누가 모르냐고. 난 그저 좋아하는 남자애한테 예쁘게 보이고 싶은 것뿐인데.

환영 파티에서 엄마가 조금이라도 나를 주의 깊게 봤다면 이렇게까지 말이 안 통하지는 않을 텐데. 내 마음을 알아줄 수 있을 텐데 말이다. 하필 그때 엄마는 아주머니와 이야기하는 데에만 온통 정신이 팔려 있었다. 생각할수록 화가 나고 처량한 기분이 들었다.

내내 저기압이었던 나는 얼마 후 데프니가 신나서 월터의 생일 파티 얘기를 꺼냈을 때 짜증을 내며 거의 소리치다시피 말했다.

"난 안 간다고!"

그렇게, 모든 게 끝장났다. 생일 파티에 갈 필요가 아예 없어져 버렸다. 잘 지내던 데프니와도 완전히 어긋났다. 엄마한테도 짜증이 나서 미칠 것 같았다. 예정보다 하루 일찍 아주머니네 집을 떠난 오늘의 일정에도 꼭 저 하늘처럼 먹구름이 잔뜩 꼈다.

엄마는 여태 간판을 보고 있었다. 난 벽을 연신 발로 차면서 엄마의 혼잣말을 들었다.

"옷 대여증을 갖고 옷을 빌리라니, 대체 무슨 말이야?"

옷 대여증이라고? 책 대여증은 들어 봤지만 그건 또 뭐야?

마침 가게 안에서 두 사람이 나왔다. 그들은 손에 쇼핑백을 들고 신나서 떠들어 댔다.

"내가 빌린 드레스는 디자이너가 만든 거래. 정말 예쁜 것 같아."

"네가 고른 그 자주색 옷은 진짜 예술이더라. 내 노란색 옷도 아주 근사하고."

나와 엄마는 호기심에 찬 눈으로 그들을 지켜봤다.

그때 어떤 여자분이 우리에게 상냥하게 말을 걸었다.

"저희 가게는 옷 대여점이에요. 주로 판매하지는 않고 빌려주기만 하죠. 궁금하시면 안으로 들어와서 천천히 구경하세요."

엄마는 신이 나서 따라 들어갔다. 나도 하는 수 없이 뒤따랐다. 솔직히 나도 궁금하긴 했다.

가게 안에는 갖가지 옷들이 즐비했고, 옷을 고르는 손님도 많았다. 가게 주인이 우리에게 설명하기 시작했다.

"사람들은 다들 새 옷을 갖고 싶어 하잖아요. 그런데 자꾸 사다 보면 옷장은 터질 지경이 되죠. 몇 번 입지도 않았거나 아예 손도 대지 않은 채 버려지는 옷이 해마다 수 킬로그램은 될걸요. 그래서 전문 대여점을 연 거랍니다. 회비를 내면 다양한 옷을 빌려 드려요. 빌려서 입어 봤더니 마음에 들고 자주 입을 옷이 확실하다면 아예 살 수도 있고요. 자기 옷을 가게에 맡겨서 다른 사람에게 빌려줄 수도 있죠."

"우아! 아주 멋진 생각이네요."

엄마가 좋아할 줄 알았다. 역시나 엄마는 주인이 얘기하는 내내 한마디 한마디에 감탄하며 추임새를 넣었다.

주인이 웃으며 말을 이었다.

"네. 도시마다 이런 가게가 생겼으면 좋겠어요. 그러면 여행 가방이 필요 없어질 거예요. 옷 대여증 한 장만 갖고 다니면 되니까요. 예쁘게 차려입고 싶지만 그렇다고 낭비하긴 싫어서 저도 늘 고민이었거든요. 마음에 든 옷을 살 때도 갈등하곤 했죠. 그러다가 언제까지 고민만 할 수는 없다고 생각하니까 방법이 생기더라고요. 이 가게는 그렇게 탄생했어요."

"정말 훌륭하네요!"

엄마는 감탄을 연발하더니 가게 안을 둘러보기 시작했다.

'언제까지 고민만 할 수는 없다고 생각하니까 방법이 생기더라.'라니, 정말 그럴까? 무슨 마녀도 아니고 주문을 외운다고 바라는 일이 이루어질 리가. 나야말로 지금 너무 고민스러운 나머지 골치가 아플 지경이지만 이 기분에서 빨리 벗어나고 싶어도 정작 내가 할 수 있는 게 없는데.

'언제까지 고민만 할 수는 없다.'라는 말이 제멋대로 내 머릿속에 들어와 박히더니 마치 주문처럼 계속 맴돌았다. 무슨 주술에라도 걸린 건지 나도 모르게 그 말을 되새겼다. '언제까지 고민만 할 수는 없다……. 언제까지 고민만 할 수는 없다.'

갑자기 '띵' 하는 소리가 울려 퍼졌다. 순간 어리둥절한 나머지 정말로 마법이 일어나서 내 세계를 바꾸려는 줄 알았다. 겨우 정신을 차리고 나서야 문자 메시지의 알림 소리라는 걸 깨달았다. 쓸데없는 광고 메시지가 내 주문을 깬 게 틀림없었다. 확 지워 버릴 작정으로 휴대폰을 열었는데 뜻밖에도 데프니가 보낸 메시지가 와 있었다. 미소가 절로 지어지는 귀여운 그림과 함께 나더러 남은 여행 일정도 즐겁게 보내라고, 다음에 또 보자고 적혀 있었다.

그제야 데프니가 화나지 않았다는 걸 깨닫고 나도 바로 커다란 하트를 보냈다.

그러고는 바로 월터에게 미안하고 생일 축하한다는 메시지를 보냈다. 막상 메시지를 보내자 가슴이 콩닥거렸다. 곧바로 답장이 왔다. 나중에 데프니와 함께 나를 보러 대만에 놀러 오겠다고 했다. 오! 마녀의 주문을 배운 게 효과가 있었다.

가게 구경을 끝내고 나오는데, 우리를 배웅하러 문 앞까지 따라온 주인이 웃으며 인사했다.

"멋진 아가씨, 잘 가요!"

그 짙푸른 두 눈동자는 사람을 꿰뚫어 보는 힘이 있는 듯했다.

나도 주인에게 웃어 보이며 마음속으로 말했다.

'안녕, 고마워요, 멋진 마녀님!'

잠시 후 길을 걷다가 운동화 끈이 풀렸다. 쪼그리고 앉아 끈을 묶는데 청바지의 찢어진 틈으로 무릎이 마치 둥그런 얼굴처럼 빼꼼히 고개를 들이밀었다. 펜을 갖고 있었다면 거기에다 웃는 얼굴을 그렸을 텐데. 그리는 김에 청바지에 묻은 토마토케첩 얼룩은 예쁜 꽃으로 만들면 좋을 테고 말이다.

선생님

세븐의 이야기

오늘은 월요일이지만 나는 집에 있었다. 지난 토요일에 운동회를 치른 대신 하루 방학을 했기 때문이다.

사실 내게는 딱히 다를 게 없었다. 학교에 가도 선생님이 교단에 서서 수업하는 동안 나는 자리에서 엎드려 자거나 휴대폰을 갖고 노니까 그냥 집에서 쉬는 거나 마찬가지였다. 늘 그렇게 대충대충 시간을 보냈다. 그런 하루하루가 솔직히 나도 썩 마음에 들진 않았다.

아침에 느지막이 일어나 한참 동안 휴대폰을 들여다보자 슬슬 답답한 기분이 들었다. 바람이나 좀 쐴까 하고 자전거를 끌고 집을 나섰다. 그런데 대문 밖으로 나가자마자 치스와 마주쳤다. 녀석은 우리 집 맞은편에 산다. 우린 같은 학교에 다니지만 녀석이 체육 특기생이라 학교에서는 만날 일이 많지 않다. 대신 자전거로 학교를 오가는 길에 종종 마주쳐서 친해졌다.

"치스, 어디 가?"

"자전거 타러."

“나도 그런데.”

“먼저 기차로 이동한 다음에 거기에서 자전거를 빌려서 산에 갈 거야.”

“오, 재밌겠다. 따라가도 돼?”

치스는 예전에 산골에 살아서 지금도 자주 산이 그립다고 했다. 그래서 학교가 쉬는 날이면 자전거를 타고 산을 쏘다닌다고 했다. 그럼 쭉 도시에서 자란 내가 어느 날 산골로 이사 가면 도시가 그리우려나? 그런 쓸데없는 생각을 하면서 치스를 따라 자전거를 몰았다. 우리는 기차를 타고 작은 마을에 도착했고 거기서 바로 자전거를 빌려 산으로 향했다. 오르막길을 쉼 없이 오르는 게 굉장히 짜릿했다. 둘이 마치 경주라도 하듯 한 번은 녀석이 앞지르고 한 번은 내가 앞서 달렸다. 그러다 평탄한 길이 나오자 한숨을 돌리며 느긋하게 페달을 밟았다. 그때 치스의 자전거 체인이 빠졌다. 녀석이 금세 고쳤지만 얼마 못 가서 또 체인이 빠지고 말았다.

“대체 뭐가 문제지?”

녀석이 자전거를 세워 나도 따라서 멈췄다. 바로 옆에 초등학교가 보였다. 우리가 자전거를 세운 곳은 그 초등학교의 낮은 담장 옆이었다. 치스는 자전거를 아예 뒤집어 놓고 살펴보기 시작했다. 나도 가까이 가서 도우려는데 담장 위에서 누가 말을 걸었다.

“자전거가 고장 났니?”

그 학교 선생님 같았다. 옆에는 여자애도 한 명 있었다.

“체인이 빠졌어요. 좀 전에 벌써 한 번 끼웠거든요. 괜찮을 줄 알았는데 또 빠졌어요."

치스 대신 내가 대답했다. 녀석은 부끄럼이 많아서 낯선 사람 앞에서는 목소리도 안 나오고 눈도 못 마주친다.

"내가 좀 볼게."

남자가 나오자 여자애도 따라 나왔다.

남자는 자전거를 살펴보더니 말했다.

"변속기 기어의 위치가 잘못됐네. 그래서 체인을 잘 끼워 놔도 다시 빠졌던 거야."

그러면서 기어의 위치를 바로잡기 시작했다. 여자애에게 설명까지 해 주면서 말이다. 여자애는 열심히 들으면서 질문도 하고 손동작을 따라 하기도 했다. 남자는 자신이 이 학교 선생님이고 여자애는 학생이라고 소개했다. 여자애 이름은 샤오전이었다.

"우리 반은 학생이 샤오전 한 명밖에 없어서 수업이 자유로운 편이야. 좀 전엔 점심을 만들려고 텃밭에서 채소를 따던 참이었고. 방금은 겸사겸사 자전거 고치는 수업을 했지."

난 그런 수업은 들어 본 적이 없지만 꽤 재밌을 것 같았다.

"참, 벌써 점심때가 다 됐구나. 너희 덕분에 재미난 수업을 한 답례로 점심 식사에 초대하고 싶은데."

"아, 괜찮아요. 저희는 빵 가져왔어요."

내가 말을 마치자마자 '우르릉' 하고 둔탁한 천둥소리가 났다.

나와 치스는 동시에 고개를 들어 하늘을 올려다봤다. 조금 전까지 파랗게 예쁘던 하늘이 어느새 온통 먹구름에 가려져 있었다.

"비가 오려나 본데."

선생님이 말했다.

"너희도 들어와서 비를 피하는 게 좋겠다."

선생님이 말을 마치고 얼마 안 돼 정말로 투두둑 빗방울이 떨어졌다. 우리는 서둘러 학교 안으로 피했다.

선생님과 샤오전이 점심 식사 준비를 시작했고 나와 치스도 일손을 도왔다. 실은 나만 어설프게 왔다 갔다 하면서 쩔쩔맸지 치스는 채소 씻기부터 다듬기까지 아주 능숙했다. 녀석은 어릴 때부터 집안일을 많이 도왔다고 했다.

선생님은 우리가 젊은 입맛의 요리를 좋아할 거라며, 샤오전과 함께 기른 양파와 브로콜리, 허브에다 베이컨을 넣어서 크림소스 스파게티를 만들었다. 토마토 수프도 한 솥 끓였다. 세상에, 정말 맛있었다. 게다가 요리사가 샤오전이라니. 성격이 활달한 샤오전은 스파게티를 만드는 내내 우리에게 요리법을 설명하는가 하면 질문을 쏟아내기도 했다. 예를 들면, "오빠들은 오늘 몰래 수업 빠지고 놀러 나온 거예요?" "오빠네 학교는 재밌어요?" "오빠들도 집에서 요리해요?" 등등.

배불리 식사를 마친 후 설거지를 도왔다. 밖에는 아직도 장대비가 퍼붓고 있었다. 이제 곧 선생님과 샤오전이 수업하러 가면 나는 치스와 뭘 하며 시간을 보낼지 고민스러웠다. 참, 녀석이 킥복싱 댄스를 출 수 있다고 했었는데, 가르쳐 달라고 하면 되겠다. 내가 신나서 치스에게 부탁하자 샤오전이 자기도 배우고 싶다고 끼어들었다.

옆에서 듣고 있던 선생님도 웃으며 부탁했다.

"그럼 다음 수업은 치스가 우리의 선생님이 되어 줄래?"

"네? 제가요?"

녀석의 두 뺨이 수줍음으로 빨갛게 물들었다.

선생님이 말했다.

"안 그래도 이번 학기부터 '한 시간 수업에 점심 한 끼 초대' 행사를 시작했거든. 학생이 샤오전 한 명이라서 탄력적으로 수업하긴 하지만 아무래도 사람들과 어울릴 기회가 너무 적어서 말이야. 여기 와서 수업을 도와주는 사람에게 우리가 직접 맛있는 점심을 대접하겠다고 인터넷에 글을 올렸어. 나도 같이 배우면 좋고. 원래는 오후에 오동나무 아래에서 국어책을 보려고 했어. 마침 오동 꽃을 소재로 한 글이 있었거든. 그런데 하필 비가 와서 어떤 수업으로 대체해야 하나 고민 중이었지. 네가 킥복싱 댄스 수업을 해 주면 딱 좋을 것 같은데."

우리의 부탁에 못 이겨 치스가 결국 고개를 끄덕였다. 녀석이 휴대폰을 꺼내 음악을 고르기 시작하자 샤오전이 〈작은 사과〉라는 노래로 하자고 졸랐다. 녀석이 그 곡을 틀었다. 평소엔 수줍음이 많은 녀석이 음악이 흘러나오자 딴사람이 된 것처럼 춤을 추는 게 신기했다. 댄스는 꽤 재밌었다! 솔직히 춤도 아주 멋졌던 데다가 선생님이 녀석에게 물어 가며 동작을 하나하나 풀어서 설명해 준 덕분에 생각보다 수월하게 배울 수 있었다.

"왼쪽 발끝을 더 앞으로, 좀 더. 오른발도 더 뻗어 봐, 쭉."

“왼 주먹과 오른 주먹을 번갈아서 뻗은 후, 점프.”

“앞으로 점프, 팔꿈치를 구부려서 훅을 날려.”

“뒤로 물러나며 훅을 날리고, 몸을 흔들어!”

우리는 어느새 〈작은 사과〉에 맞춰 킥복싱 댄스를 출 수 있게 됐다. 그즈음 빗방울이 잦아들더니 곧 비가 그쳤다.

샤오전은 쉬는 시간을 알리는 종소리가 울릴 때까지 계속 그 춤을 추더니 나와 치스에게 또 와 달라고 부탁했다.

“다음에 다른 곡으로 또 가르쳐 줄래요?”

우리는 선생님과 샤오전에게 작별 인사를 하고 자전거를 끌며 학교를 나섰다. 내가 치스의 팔뚝을 툭 치며 말했다.

“야, 네가 선생님이 됐네.”

녀석은 쑥스러워서 고개를 숙이며 작은 소리로 답했다.

“뭘.”

자전거를 타고 가면서 녀석이 어릴 때 얘기를 들려줬다. 산골에서 초등학교 4학년을 다니던 해에 어떤 단체에서 찾아와서 독서 수업을 해 줬는데, 처음에 녀석은 좀처럼 얌전히 앉아 있지도 수업에 집중하지도 못했다고 한다. 선생님이 갖가지 재미난 방법을 동원해서 책을 읽게 하고 나서야 녀석도 점점 독서에 익숙해졌다. 나중에 녀석이 과잉 행동 장애 약을 먹고부터는 책 속의 글자가 몽땅 눈앞에서 드러눕는 듯 보였지만, 그래도 책을 조금 접하고 나자 제법 재미난 책도 있다는 걸 깨닫게 됐고, 글자가 많아서 읽기 힘든 와중에도 불

굴의 의지로 《원피스》(해적의 모험을 그린 만화-옮긴이)와 《더 파이팅》(권투 소재의 만화-옮긴이), 《메이저》(야구 소재의 만화-옮긴이) 등 몇몇 일본 만화책을 섭렵했다고 한다.

"그 만화책들, 특히 《원피스》의 주인공 루피가 무척 맘에 들어. 나도 그렇게 나만의 꿈을 좇고 싶었거든. 그래서 내가 찾은 꿈이 바로 운동이야."

그렇게 말하는 녀석의 눈빛이 반짝였다.

"이번 여름 방학에 예전에 다녔던 학교에 가서 후배들한테 킥복싱을 가르쳐 주고 싶어. 예전에 그 선생님들이 나를 도와준 것처럼, 아까 선생님이 샤오전을 가르치던 것처럼 말이야. 아직은…… 내가 정말 할 수 있을지 모르겠지만……."

"당연히 할 수 있지!"

내가 또 한 번 녀석의 팔뚝을 툭 쳤다.

"이렇게 하자. 내가 실험 대상이 되어 줄 테니까 날 먼저 가르쳐 봐. 나중에 내가 네 조수를 해 줄 수도 있잖아. 선생님이 되는 건 아주 멋진 것 같아."

치스가 쑥스러워하며 내게 웃어 보였다.

비가 그친 후의 산속 하늘은 확 트이고 더 깨끗한 느낌이었다. 햇살이 나뭇잎을 비춰 풀잎에 맺힌 빗방울이 구슬처럼 반짝였다. 자전거 페달을 구르는 발걸음이 하늘을 날 듯 가벼웠다.

사랑해

샤오쥐안의 이야기

집을 떠나려고 짐을 챙기면서 '드디어 벗어나는구나!' 하는 해방감이 들었다.

그래, 드디어 벗어날 수 있게 됐다.

나는 다른 지역에 있는 학교에 시험을 봐서 합격했다. 그 학교가 평판이 좋기도 했지만 무엇보다 내 꿈을 위한 선택이었다. 바로 내일이면 입학에 앞서 기숙사에 들어가기 위해 집을 떠나게 된다.

한창 후련하고 홀가분한 기분에 젖어 있는데 갑자기 마음속 깊은 곳에서 또 다른 내가 나타나 불쑥 물었다.

'너 진짜 순수하게 꿈을 위해 떠나는 거 맞아?'

날아갈 듯 상쾌했던 기분이 순식간에 된서리를 맞아 흔적도 없이 사라져 버렸다. 또 다른 나는 무슨 범죄자라도 노려보듯 나를 매섭게 쏘아봤다.

난 나쁜 사람이 아니라고! 아냐! 아냐! 아냐! 아니라니까!

나는 거세게 부인했다.

"진짜로 꿈을 위해서야. 다른 사람들도 좋은 학교에 진학하려고 집을 떠난다고. 자기가 하고 싶은 걸 이루려고 말이야. 나라고 그러지 말란 법 없잖아?"

또 다른 내가 냉정하게 따지고 들었다.

'하지만 좀 전에 분명히 '드디어 벗어나는구나!' 하는 기분 아니었어? 모든 게 언니에게서 벗어나려는 핑계잖아!'

순간 말문이 막혔다. 그렇다. 또 다른 내가 말한 것처럼 모든 게 언니에게서 벗어나려는 핑계까지는 아니더라도 언니를 벗어나고 싶은 마음이 큰 게 사실이었다. 언니는, 비록 내가 언니라고 부르기는 하지만 실은 여동생에 가깝다. 그것도 나보다 한참 어린 여동생. 언니의 지능이 어린아이 수준에 멈춰 있기 때문이다. 그래서 어려서부터 내가 마치 언니처럼 언니를 돌봐야 했다. 부모님의 관심도 늘 언니한테 쏠려 있어서 나는 항상 뒷전이었다.

생각할수록 울컥해서 중얼거렸다.

"맞아! 벗어나고 싶어! 그러면 안 돼? 나도 지칠 대로 지쳤다고. 언니의 부속품이 아니라 나답게 살고 싶어. 이제 언니도 특수 학교에 잘 적응해서 다니고 있으니까 내가 없어도 괜찮을 거야. 앞으로는 언니의 부속품 딱지를 떼고 내가 하고 싶은 대로 살 거야. 그러면 좀 안 돼?"

'네가 그렇게까지 말한다면 내가 뭘 어쩌겠어? 하고 싶은 대로 산다는 게, 그러니까 언니를 벗어나고 싶다는 거잖아?'

또 다른 내가 인정머리 없이 말을 마치더니 이내 사라져 버렸다.

따끔거리면서도 간질간질한 뾰루지가 마음속에 난 것처럼 어떻게 해도 마음이 영 편치가 않았다. 그저 불편한 마음을 애써 무시하며 짐을 챙기는 데 집중하는 것 말고는 다른 수가 없었다.

금세 짐을 다 싸 놓고 저녁을 대충 때운 나는 소파에 쓰러져 텔레비전 리모컨을 눌렀다. 그런데 막상 텔레비전을 켜자 애초의 불편한 마음이 사라지기는커녕 묵직한 공허함까지 밀려왔다. 평소 언니는 저녁 식사 후에 나와 나란히 소파에 앉아 텔레비전 보는 시간을 가장 좋아했다. 그때마다 내 손까지 꼭 붙잡곤 했다. 언니가 가장 좋아하는 프로그램이 만화였고 우리 집에서 지금껏 나와 함께 만화를 봐 준 사람도 바로 언니였다. 그런데 이제 내가 다 커서 만화에 흥미가 좀 떨어졌다고 언니를 두고 떠나 버리려는 건가?

나도 모르게 예전에 우리가 즐겨 보던 만화 채널을 찾아 멍하니 바라봤다.

어느새 시간이 흘러 밤이 깊었다. 아빠는 오늘 야근한다고 했지만 어째서 엄마와 언니는 여태 안 오는 걸까? 지난 일주일 남짓 엄마와 언니의 귀가 시간이 조금 늦기는 했다. 그래도 오늘처럼 밤 아홉 시가 다 되도록 집에 안 들어온 적은 없었다.

그때 또 다른 내가 다시 나타나서 말을 걸었다.

"네가 떠난다는 걸 언니가 알아챈 모양이야!"

나는 그 말을 듣자마자 걷잡을 수 없이 불안해지면서 초등학교 졸업식 날을 떠올렸다. 그날 엄마는 집에서 언니를 돌보고 아빠가 내 졸업식에 오기로 했었다. 그런데 언니가 따라가겠다고 아빠를 붙잡고 안 놓아 주는 바람에 엄마 아빠가 언니까지 데리고 학교에 왔다. 나는 친구들과 선생님 앞에서 창피해서 어쩔 줄 몰랐고 집에 돌아온 뒤 거의 미친 듯이 울부짖었다.

"언니 싫어! 차라리 그냥 언니가 없었으면 좋겠어!"

내가 그렇게 온갖 성질을 부린 뒤 얼마 안 되어 언니가 집을 나갔다. 어디에도 언니가 보이지 않았다. 사방을 찾아 헤매고, 경찰에 신고하고, 울며불며 이름을 부르고 다닌 끝에 마침내 집 근처 골목에 숨어서 훌쩍거리고 있던 언니를 찾아냈다.

'설마……. 내가 떠나려는 걸 언니가 눈치채고 또 어디로 사라진 건 아니겠지?'

난 가시에라도 찔린 것처럼 소파에서 벌떡 일어났다.

또 다른 나 따위에 신경 쓸 겨를이 없었다. 엄마 휴대폰에 전화를 걸었는데 받지 않았다. 다시 아빠 사무실에 전화를 걸었지만 역시 받지 않았다. 마지막으로 아빠 휴대폰에 전화를 걸려는데 이번에는 손가락이 바들바들 떨려서 번호조차 제대로 누르기 힘들었다.

"……전화를 받지 않아 음성 사서함으로 넘어갑니다. 삐 소리 후에 메시지를 남겨 주세요."

또 전화를 안 받네! 혹시 다들 정신없이 언니를 찾느라 전화벨 소리도 못 듣는 게 아닐까?

어쩌지? 어떡하면 좋아? 어떡해? 만약 이번엔 지난번과 달리 운이 안 따르면? 언니를 영영 잃어버리면 어떡하지? 그럼 안 되는데. 안 돼! 안 된다고!

허둥지둥 대문을 나섰다. 어서 가서 언니를 찾아야 한다.

골목 어귀까지 뛰어나간 뒤 어느 쪽으로 갈지 망설이고 있는데, 나를 부르는 언니 목소리가 들리더니 낯익은 스쿠터가 다가왔다.

"샤오쥐안! 샤오쥐안!"

엄마가 언니를 태우고 돌아오는 길이었다. 다행이다, 언니가 어디 안 가서. 없어진 게 아니어서.

난 온몸에서 힘이 빠져나간 듯 털썩 땅에 주저앉아 울기 시작했다. 엄마가 다급하게 길가에 스쿠터를 세웠다. 언니가 달려와 나를 꼭 끌어안고 등을 토닥이며 연신 속삭였다.

"샤오쥐안 착하지, 샤오쥐안 울지 마……."

집에 돌아온 후, 언니는 생글생글 웃으며 책가방에서 뭔가를 꺼내더니 내게 내밀었다.

"선물이야. 맨날 가지고 다녀야 해."

나는 눈을 동그랗게 뜬 채 언니와 엄마를 번갈아 쳐다봤다. 엄마가 나를 보며 말했다.

"아까 언니가 집에 안 와서 많이 걱정했지? 실은, 얼마 전부터 언니네 특수 학교에 수업이 새로 생겼어. 지원 단체에서 선생님을 보내줬거든. 안 쓰는 현수막을 재활용해서 물건을 만드는 수업인데, 네가 학교 때문에 집을 떠나는 걸 알고 샤오친이 직접 선물을 만들기 시작했지. 그런데 여태 완성을 못 했었거든. 따로 선생님에게 부탁해서 겨우 끝냈어. 선생님이 참 좋은 분이더라. 언니를 자기 사무실로 데려오라더니 가방을 다 만들 때까지 차근차근 가르쳐 줬어."

"이거야……. 이거……."

언니가 책가방에서 전단 한 장을 꺼내 내 손에 쥐여 줬다. 거기엔 현수막을 재활용해서 만든 물건들이 소개되어 있었다. 옆으로 메는 가방부터 화장품 파우치, 필통, 앞치마, 심지어 제법 예쁜 장미 꽃다발까지 다양했다. 버려진 물건이 이렇게 예쁘고 실용적인 소품으로 다시 태어날 수 있다니. 언니는 내가 전단을 읽어 보는 그 잠깐을 못 참고는 자기가 만든 가방을 빨리 메 보라고 재촉했다. 언니가 느리고 굼뜬 손으로 내 팔뚝을 잡아 어깨끈 사이로 빼더니 다시 힘겹게 가방을 들어 내 등에 걸쳤다.

이렇게 불편한 손을 움직이고 또 움직여서 날 주려고 가방을 만들었다니. 언니는 배시시 웃으며 나를 거울 앞으로 데리고 가서는 내 몸을 이리저리 돌려 가며 가방을 거울에 비추었다.

"봐!"

언니가 특유의 어눌한 발음으로 말했다.

고개를 좌우로 돌려 가며 찬찬히 거울을 들여다보던 나는 가방에 적힌 세 글자를 발견했다. '사랑해'였다!

"샤오친이 특별히 고른 천이야. 원래는 무슨 연극 공연의 광고 현수막이었던 것 같아."

엄마가 옆에서 설명했다.

'나도 언니를 사랑해!' 엄마의 말이 채 끝나기도 전에 마음속에서 이 말이 튀어나왔다. 그러면서 눈물이 왈칵 쏟아져서 눈앞이 흐릿해졌다.

나중에 언니는 그 가방에다 내가 좋아하는 간식까지 가득 채워 줬다.

다음 날 아침, 일찍 집을 나서며 생각했다. 나는 언니를 버리는 게 아니라 그냥 잠시 떠나는 거라고.

몇 걸음 걸어가다 못 참고 뒤를 돌아봤다. 또 다른 내가 아쉬워하며 언니를 꼭 끌어안고 있는 게 보였다. 그 애는 고개를 돌려 내게 미소를 짓더니 성큼성큼 다가와서 마지막엔 내 몸과 하나가 됐다. 우리는 사랑이 가득한 배웅을 받으며 무거운 발걸음을 뗐다. 사랑의 발걸음이 이렇게나 무거운 걸 보니, 영원히 지워지지 않을 만큼 깊은 발자국이 새겨져서 언제든 집에 돌아오는 길을 알려 줄 것만 같았다.

대낮 같은 밤

엔시의 이야기

병원 게시판에 광고지가 한 장 붙었다. 맨 위쪽에 큼지막하게 '대낮 같은 밤'이라고 쓰인 문구가 눈길을 끌었다.

대낮 같은 밤, 대낮 같은 밤, 대낮 같은 밤이라……. 그러니까 아마 원래 깜깜한 밤인데 대낮처럼 환하다는 뜻인가 보다. 깜깜하니까 밤이지 환한 밤이 어디 있어? 그 점에 대해서라면 내가 확실히 안다. 지금 우리 가족이 칠흑 같은 한밤중의 어둠 속에 빠져 있으니까. 그 어둠은 까만 물감처럼, 아니 그보다는 아스팔트 반죽처럼 끈적끈적하게 우리 발에 들러붙어서는 옴짝달싹 못 하게 만들었다.

사랑하는 내 동생이 암에 걸렸고 이미 말기에 다다랐다. 항암 치료에 사용되는 약물과 암세포의 공격으로 동생의 모습은 초췌해져 갔다. 나와 엄마, 아빠는 동생이 갈수록 쇠약해지고 고통받는 모습을 지켜보면서 동생과 함께 빛 한 줄기 없는 어둠 속에서 하루하루를 보내고 있다.

광고지의 설명을 다시 찬찬히 들여다봤다. 무슨 예술 행사가 대만과 프랑스 파리에서 동시에 열린다는 내용이었다. 10월의 첫 번째 토요일 저녁 여섯 시부터 시작해서 다음 날 아침 여섯 시까지 타이베이의 여기저기에서 각종 예술 공연과 전시가 진행될 예정이고, 그 중 어릿광대 공연에는 일반 어린이뿐만 아니라 특히 말기 암 어린이와 부모의 참석을 기다린다고 적혀 있었다. 어쩐지, 그래서 이 광고지가 병원 게시판에 붙어 있던 거였군.

하지만 내 동생은 거의 병원 침대에 누워서 지내는 데다가 말할 기운조차 없는데 어떻게 공연을 보러 가겠어? 저 공연을 여는 사람들은 말기 암 환자가 어떤지 전혀 모르나 보다!

나는 게시판을 지나 자판기 쪽으로 걸어갔다. 음료수 한 병을 뽑아서 휴게실 의자에 앉아 천천히 들이켜며 벽 한쪽에 높다랗게 매달린 텔레비전을 뚫어지게 쳐다봤다. 사실 아무것도 눈에 들어오지 않았다. 음료수가 바닥을 드러내자 다시 어슬렁어슬렁 병실로 돌아왔다. 잠든 동생 옆에 엄마가 초췌한 얼굴에 생기 잃은 눈빛으로 앉아 있었다. 나는 딱히 할 얘기가 없어서 그냥 의자에 가서 앉았다.

잠시 후 아빠가 손에 광고지를 들고 들어왔다. 엄마를 보고는 병실 밖으로 나가자고 손짓하더니 말했다.

“토요일 저녁에 병원 근처에 있는 공원 광장에서 어릿광대 공연을 한대. 말기 암 어린이들을 위해서 말이야. 우리도 샤오천 데리고 가자. 조금은 기분 전환이 될 거야.”

샤오천은 내 동생 이름이다.

엄마는 누워 있는 동생을 슬쩍 쳐다보고는 고개를 저으며 나지막이 말했다.

"지금 몸 상태가 저렇게 안 좋은데, 안 가려고 할 거예요. 나도 애를 밖에 내보내는 게 내키지 않고요. 면역력도 거의 없는데 병원 밖에는 병균이 많잖아요."

"그렇긴 해도 재밌는 공연을 보면 고통을 좀 잊을 수 있을 거야."

"우리 애는 달리 방법이 없다잖아요, 무슨 말인지 몰라요?"

엄마 아빠의 목소리는 작았지만 나는 바로 알아챘다. 두 분이 다투고 있다는 걸!

다투고, 또 다투고, 부모님은 동생의 병 때문에 말다툼을 수없이 많이 했다. 그럴 때마다 안 그래도 두려움에 떨고 있던 나는 견딜 수 없이 무서워지곤 했다. 마치 내가 발 딛고 서 있는 곳에 거대한 지진이 일어나 순식간에 땅이 갈라지고 무너지기 시작하는 것 같았다.

그러면 나는 유체이탈을 하듯 영혼이 몸을 빠져 나와 허공을 둥둥 떠다니는 느낌이었다. 어찌할 바를 모른 채로 발 디딜 데가 없어질까 봐 잔뜩 겁에 질린 내 모습을 지켜보면서 말이다. 한참을 그렇게 바라보고 있자면 거기 서 있는 게 내가 아니라 그냥 껍데기처럼 느껴졌다. 어떤 위험이 닥치든, 얼마나 몸서리치게 두렵고 무섭든, 내가 아니라 그 껍데기에게 벌어지는 일이다.

어떻게 그럴 수 있냐고? 나도 모른다. 아니면 내가 달리 뭘 할 수 있을까? 어쩌면 땅이 무너지기 전에 영혼이 조각조각 찢겨서 껍데기와 함께 뭐가 먼저랄 것도 없이 와르르 무너져 버릴지도 모른다.

그때 갑자기 실낱같은 목소리가 들렸다. 작고 힘없는 소리였지만 순식간에 내 영혼을 다시 껍데기로 불러들였다! 갈라지고 무너진 땅바닥은 아직 내 눈에 생생하게 보였다. 나는 낭떠러지를 피하듯, 살얼음 위를 걷듯 꺼진 바닥을 조심조심 돌아서 동생의 침대까지 걸어갔다.

동생이 입을 오물거렸다.

뭐라고 하는지 잘 안 들려서 귀를 가까이 가져다 댔다. 가느다란 소리가 다시 녀석의 입에서 들려왔다.

"가고 싶어……."

부모님이 다가오자 동생이 한 번 더 말했다.

"가고 싶어……."

고개를 돌린 엄마의 눈에서 눈물이 떨어지는 게 보였다.

그렇게 해서 우리는 토요일 저녁에 동생을 데리고 병원을 나와 공연 장소로 갔다. 동생은 모자와 마스크를 쓰고 온몸을 꽁꽁 싸맨 채 휠체어에 앉아 있었다. 그곳엔 어린이 암 환자들도 있었지만 일반 가족이 더 많았다. 다들 들떠서 즐겁게 얘기를 나누고 있었다.

내가 걱정스러워서 동생에게 물었다.

"너무 시끄럽지는 않아?"

동생이 가만히 고개를 젓더니 옆으로 휙 지나가는 자전거를 가리키며 말했다.

"와, 정말 밝다."

자전거의 바퀴가 돌면서 오색찬란한 빛이 새어 나왔다. 자전거를 탄 사람도 반짝이는 은색 옷을 입고 있어서 눈이 부셨다. 주변을 둘러보니 알록달록한 폭포처럼 생긴 조형물에서도 빛이 났다. 곳곳에 등도 환하게 밝혀 놔서 진짜 대낮 같았다.

그렇다고 우리의 어두운 마음에도 대낮이 올까?

공연이 시작됐다! 외발자전거 쇼, 노래와 춤, 마술 쇼……. 난 좀처럼 공연에 집중하지 못하고 연신 고개를 돌려 동생을 바라봤다. 엄마가 동생에게 목이 마르지는 않은지 물었다. 잠시 후엔 아빠가 동생의 담요를 위로 끌어다 덮어 줬다. 그러는 통에 지금 동생이 즐거워하고 있는지를 제대로 살펴볼 수가 없었다.

그때 갑자기 눈앞이 번쩍하고 빛나더니 어릿광대가 마술 모자에서 빛나는 하트를 꺼내 내 앞에 들이밀었다. 내가 얼른 동생을 가리키자, 광대가 바로 눈치를 채고 앞쪽으로 사뿐사뿐 뛰어가 동생에게 그 하트를 건넸다. 뭔가 하고 자세히 보니, 아주 여러 개의 꼬마전구를 하트 모양으로 만든 거였다. 동생이 하트를 손에 받아든 순간 하트가 은빛 물결 모양으로 바뀌더니 동생의 얼굴을 훤하게 밝혔다. 바로 그 순간 나는 동생이 웃는 모습을, 그것도 무척이나 찬란하게 웃는 모습을 봤다.

동생이 즐거워하며 은빛 물결을 아빠의 손에 넘겨주자 아빠 얼굴이 환히 밝아졌다. 아빠는 다시 엄마에게 전해 줬고 뒤이어 엄마 얼굴이 밝게 빛났다. 은빛 물결은 엄마에게서 내게 전해져 내 얼굴을 밝혔다. 나는 반짝반짝 빛나는 그 은빛 물결을 바라보다 고개를 들어 동생과 아빠, 엄마의 얼굴을 쭉 둘러봤다. 그리고 그 얼굴에 가득한 웃음도. 문득, 이게 우리 가족에게는 그야말로 대낮 같은 밤이라는 생각이 들었다.

그럼 우리의 깜깜한 밤을 밝힐 수 있는 게 대체 뭘까?

아직은 그게 뭔지 잘 모르겠지만 어떻게든 꼭 찾아내고 싶다.

퍼즐

아용의 이야기

첫 번째 퍼즐에 이름을 붙이자면, 이렇게 붙일까 한다. '멋지다'라고!

그날 나는 지바오를 데리고 공원으로 산책을 나갔다. 지바오는 강아지이지만 우리 가족이자 내 동생인데 우리 집에 온 지 얼마 되지 않아 아직 천방지축이었다. 어떤 때는 내가 목줄을 잡고 있는데도 마구 달려 나가려고 해서 쩔쩔매는 나를 끌고 다녔고, 또 어떤 때는 갑자기 기둥 옆이나 풀밭에 멈춰 서서 냄새를 맡느라 꼼짝도 안 하는 통에 내가 낑낑대며 목줄을 끌어당겨야 겨우 발을 뗐다.

어휴, 엄밀히 말하자면 사람이 개를 산책시키는 게 아니라 개가 사람을 산책시키는 셈이랄까. 어찌나 힘든지 비명 같은 감탄사가 쉴 새 없이 새어 나왔다.

한번은 지바오가 또 맹렬하게 돌진하는데 마침 정면에서 어떤 남자가 걸어오고 있었다. 녀석은 멈추기는커녕 더 속도를 냈다. 나는 이 덜떨어진 녀석이 그 사람에게 달려들어 물기라도 할까 봐 다급하게 목줄을 잡아당기며 고함을 질렀다.

"지바오, 멈춰! 지바오, 멈춰! 멈춰! 멈추라고!"

녀석은 내 말에는 아랑곳하지 않고 계속해서 앞으로 내달렸다. 난 속으로 큰일 났다고 생각했다. 차마 눈 뜨고 볼 수가 없어서 눈을 질끈 감으며 제발 그 사람이 빨리 도망가기를 기도했다. 잠시 후 지바오가 멈춰 섰다. 이어서 비명이나 욕이 들릴 줄 알았는데 잠잠했다. 얼른 눈을 뜨고 살펴봤더니 지바오가 그 사람 바짓가랑이에 코를 박고 킁킁거리며 냄새를 맡고 있었다. 그가 몸을 구부려 녀석의 턱을 쓰다듬으며 상냥하게 말했다.

"착하구나, 정말 착해."

"어……."

미안하다고 말해야 할지 고민하고 있는데 그가 고개를 들더니 나를 향해 씩 웃었다. 그는 작은 키에 약간 곱슬머리였다. 얼굴에 미소가 번지자 부리부리하던 눈이 금세 실눈으로 변했다.

그가 말했다.

"너희 개 정말 귀엽다. 근데 훈련은 좀 시키는 게 좋겠어. 잘못하다가는 나중에 문제견이 될 수도 있으니까."

"어떻게 훈련해요?"

그가 고개를 끄덕이며 말을 이었다.

"가장 기초적인 훈련은 나란히 걷기야. 녀석이 달려 나가려고 할 때 절대로 끌려다녀선 안 돼. 버티고 서 있다 보면 결국엔 녀석도 얌전히 앉게 돼 있거든. 그때 '잘했어.' 하고 칭찬하면서 간식으로 보상하는 거야. 그 훈련을 반복하면 자연스럽게 너와 나란히 산책하는 법을 배우지."

"우아! 멋져요!"

지바오가 우리 집에서 가장 무서워하는 서열 1위인 엄마도 녀석한테는 두 손을 들었는데, 만약 내가 녀석을 순종하게 만든다면 엄마도 나를 다시 볼 게 틀림없었다.

"저기 아저씨, 어떻게 하는 건지 한번 보여 줄래요? 좀 더 알려 줄 수 있어요?"

내가 부탁했다.

"좋아. 잘 보렴."

참 좋은 사람이었다. 그는 어떻게 지바오에게 나란히 걷기를 가르쳐야 하는지 시범을 보인 후 내가 직접 해 보게 했다. 주의해야 할 점들까지 꼼꼼히 짚어 줬다. 혹시 반려견 훈련사냐고 물었더니 그가 고개를 저으며 아니라고 했다. 그는 자기를 장 씨라고 소개하면서 내가 좋다면 시간을 정해 공원에서 만나 지바오의 훈련을 도와주겠다고 했다. 그렇게만 되면 정말 멋질 것 같았다. 나는 단숨에 좋다고 대답했고 주말에 다시 만나기로 약속했다.

두 번째 퍼즐은, 아무래도……. '두렵다'라고 불러야 할 것 같다!

그 주의 어느 날 저녁, 나는 할머니와 함께 마트에 장을 보러 갔다. 두 봉지 가득 물건을 들고 마트를 나서려는데 할머니가 참기름 사는 걸 깜빡 잊었다고 했다. 할머니가 다시 가게 안으로 들어간 사이 나는 바깥에 서서 기다렸다.

내가 심심해서 두리번거리고 있을 때였다. 장 씨 아저씨가 걸어오는 게 보였다. 옆에는 덩치가 크고 위풍당당한 까만 개 한 마리도 함께였다.

“아저씨!”

내가 반갑게 인사하며 물었다.

“아저씨 개예요?”

“응, 헤이피라고 해.”

“해피요?”

“응, 영어로 하면 해피. 둘 다 맞아.”

“되게 특이하게 생겼어요. 몸통은 까만데 발 있는 데만 흰색이네요. 꼭 양말 신은 거 같아요. 사납지는 않아요?”

아저씨가 고개를 저었다.

“만져 봐도 돼.”

내가 헤이피를 쓰다듬었다. 아저씨 말대로 녀석은 아주 온순했다.

그때 할머니가 참기름을 들고 마트에서 나왔다. 나는 계속해서 아저씨에게 물었다.

“그럼 토요일 오후에 헤이피도 같이 와요?”

“우선은 안 데려가려고. 훈련에 방해될 것 같아서.”

“아, 그렇겠네요. 그럼 토요일 오후 세 시에 공원에서 만나요.”

아저씨가 웃으며 고개를 끄덕였다. 그러더니 할머니에게도 고개를 끄덕여 보였다. 바로 그 순간 나는 할머니의 눈빛에 경계심이 번쩍 스치는 걸 봤다! 아저씨가 내게 잘 가라고 손을 흔들고 헤이피와 함께 자리를 뜨는 사이에도 할머니는 의심과 혐오가 가득한 눈으로 그를 뜯어봤다. 나중에 할머니는 내게 그 사람을 어떻게 아는지, 무슨 일로 공원에서 만나기로 했는지를 꼬치꼬치 캐물었다.

내가 그간에 있었던 일을 설명한 후, 할머니가 그렇게까지 긴장하는 이유가 뭔지 물어보려고 하자 할머니는 바로 내 말을 끊고는 토요일 약속에 나가지 말라고 딱 잘라 말했다. 그 아저씨가 교도소에 들어갔다가 얼마 전에 출소한 나쁜 사람이라면서 말이다.

할머니는 이모할머니네에 놀러 갔다가 그 건물 옥탑에 사는 아저씨 얘기를 몇 차례 들었다고 했다. 한번은 이모할머니가 할머니를 배웅하러 1층까지 따라 내려왔다가 마침 헤이피를 데리고 서 있던 아저씨와 우연히 마주쳤는데, 아저씨를 가리키며 저 나쁜 놈 얼굴을 잘 봐 놨다가 절대 상종하지 말라고 할머니한테 특별히 신신당부했다는 거다.

"그래서 내가 유심히 봐 뒀거든. 그 개도 발만 하얀 게 워낙 특이하고, 남자도 생긴 게 눈에 확 띄는 편이라 한눈에 알아봤지."

할머니가 단호하게 말했다.

"교도소에는…… 무슨…… 죄로요?"

"마약에 손을 대고 팔기까지 했다나 봐. 겁나서 살겠니, 원. 생각해 봐라, 세상에 그렇게 착한 사람이 있겠어? 아무 이유 없이 남의 집 개를 훈련해 준다고? 너를 꼬여 내서 마약으로 꼼짝 못 하게 한 다음 판매책으로 부려 먹을 수작이었던 게 뻔해. 아이고! 이게 무슨 일이라니. 살다 보니 별꼴을 다 보는구나. 어서 집에 가자."

할머니는 한 손에 마트 봉지를 들고 한 손으로는 내 손을 잡아끌었다. 나도 얼른 다른 봉지를 들고 잰걸음으로 할머니를 뒤따랐다. 우리는 점점 더 걸음이 빨라졌고 내 심장도 점점 더 쿵쾅대며 날뛰었다.

세 번째 퍼즐은, '의심스럽다'라고 이름 붙일까 한다.

약속한 토요일이 됐지만 나는 공원에 갈 수 없었다. 한동안 그 근처에는 아예 얼씬도 안 했다.

며칠 후 학교를 마치고 같은 반 친구 다빙과 군만두를 먹으러 가는 길이었다. 횡단보도 앞에서 신호등이 바뀌기를 기다리고 서 있는데, 허둥지둥 당황한 모습의 장 씨 아저씨가 보였다. 지나가는 사람을 붙잡고 종이를 보여 주며 무언가를 찾고 있는 것 같았다. 그러고 보니 헤이피가 옆에 없었다. 혹시 녀석을 찾고 있는 건가? 녀석이 집을 나갔나? 애태우는 아저씨의 모습을 보니 헤이피를 바라보던 다정한 표정이 떠올랐다. 내게 지바오를 어떻게 훈련할지 찬찬히 가르쳐 주던 아저씨의 모습도 겹쳤다. 문득 그런 생각이 들었다. 저 아저씨가 정말 나를 꾀어내려는 나쁜 사람이 맞을까?

건너편 신호등에 파란불이 들어오자 나와 다빙은 길을 건넜다. 다빙이 갑자기 앞으로 달려가더니 한 남학생의 어깨를 툭 치며 말했다.

"야! 좡즈량, 어디 가?"

녀석의 친구인 모양이었다. 조금 전에 아저씨가 이 친구한테도 뭔가 묻는 걸 봤는데 마침 잘 됐다 싶었다. 그 아저씨가 대체 뭘 찾고 있던 거냐고 쫭즈량에게 물었다. 그 애는 내가 왜 그런 걸 묻는지 의아해하면서도 순순히 대답해 줬다.

아저씨가 헤이피를 찾고 있던 게 맞았다.

집에 돌아온 후, 나는 '멋지다'와 '두렵다' 그리고 '의심스럽다'라는 퍼즐 조각을 맞춰 봤다. 아저씨가 정말로 나쁜 사람일지 궁금했지만 아무리 생각해도 실마리를 풀 수가 없었다. 사실은 내 마음속에 '걱정하다'라는 퍼즐 조각도 하나 추가됐다. 내 마음이 왜 이럴까?

그날 밤, 집 앞에 쓰레기봉투를 내다 놓고 들어가려는데 저쪽 골목 어귀에 까만 개 한 마리가 터벅터벅 걸어가는 모습이 눈에 들어왔다. 얼른 쫓아가서 살펴보니, 흰 양말을 신은 듯한 녀석의 발이 가로등 불빛에 또렷이 보였다. 나도 모르게 소리쳤다.

"헤이피!"

헤이피를 찾아서 한시름 놓긴 했지만 다른 문제가 뒤따라왔다.

녀석을 우리 집에 데리고 갈 수도 없고 그렇다고 아저씨네에 데려다줄 용기도 안 났다. 친구를 불러내서 함께 가면 괜찮을 텐데, 다빙 녀석은 학원에 갔고 웨이신네 집은 여기서 너무 멀고…….

한참을 고민한 끝에, 당황해서 어쩔 줄 모르던 아저씨의 모습을 떠올리고는 헤이피를 끌고 이모할머니네 집을 향해 걷기 시작했다. 일단 도착하면, 1층에서 인터폰을 눌러 아저씨더러 내려와서 헤이피를 데려가라고 말한 뒤 건물 현관문을 열어 달라고 부탁하는 거다.

문이 열리자마자 헤이피를 들여보낸 다음 바로 문을 닫고 돌아서면 아저씨와 마주칠 일은 없을 것이다.

그렇게 대충 방법이 떠오르자 마음이 조금 놓였다.

이모할머니네 집 건물에 도착한 후, 옥탑의 왼쪽 집 인터폰을 눌러야 할지 오른쪽 집 인터폰을 눌러야 할지 망설이고 있을 때였다. 갑자기 딸깍하고 문이 열리는 바람에 화들짝 놀랐다.

안에서 나온 사람은 다름 아닌 아저씨였다. 나는 순간 너무 놀라 뒷걸음질을 쳤고 헤이피는 곧장 앞으로 달려들었다.

아저씨는 그 자리에 주저앉아 헤이피를 와락 껴안으며 소리쳤다.

"대체 어디 갔었어? 어디로 그렇게 가 버린 거야? 걱정돼서 죽는 줄 알았잖아. 널 영영 잃어버렸을까 봐, 그래서 네가 또 유기견이 되면 어쩌나 싶어서……."

이제 나는 얼른 도망가야겠다고 생각하고 있는데 아저씨가 일어서며 내게 말했다.

"헤이피를 찾아 줘서 고마워. 원래 유기견이었는데 나랑 힘든 시기를 함께 보낸 녀석이라 꼭 잘 돌보겠다고, 다시는 거리를 헤매게 하지 않겠다고 맹세했거든. 그런데 어제 내가 시장에서 과일을 고르느라 잠시 목줄을 놓고 있었는데, 녀석이 갑자기 터진 폭죽 소리를 듣고 도망가 버렸어."

나는 말이 안 나와서 고개만 끄덕였다.

아저씨가 물었다.

"참, 너 지난 토요일에 안 나왔던데, 지바오는 잘 있니?"

"아……. 네……. 그럼 저는……."

원래 '그럼 저는 이만'이라고 얘기하려던 참이었는데, 뒤에서 다급한 발소리가 들리더니 누군가의 두 손이 나를 덥석 붙들었다.

뒤돌아보니 이모할머니였다!

이모할머니는 나를 자기 쪽으로 끌어당기면서 아저씨에게 따져 물었다.

"무슨 꿍꿍이야? 경찰에 확 신고해 버릴까 보다. 일전에 우리 애한테 개 훈련하는 걸 가르쳐 주겠다는 둥 그러더니, 이제 애를 여기까지 불러내서 뭘 어쩌려고?"

"그런 거…… 아닌데……. 오해하신 것 같아요."

"당신이 교도소 갔다 온 거 사람들이 모를 줄 아나 본데……."

아저씨가 순간 움찔하더니 쓸쓸한 눈빛으로 말했다.

"교도소 갔다 온 건 맞지만……, 이 아이를 보니까 꼭……. 제 아들을 보는 것 같아서 강아지 훈련하는 걸 도와주고 싶었어요. 교도소에 있을 때 아내가 저와 이혼하면서 애까지 데리고 떠났거든요. 제 인생은 이제 끝났다고 생각했었는데……."

이모할머니는 애초에 아저씨 얘기에는 관심조차 없었고 오로지 나를 끌고 가는 데에만 온 정신이 쏠려 있었다. 하지만 나는 어쩐지 아저씨 얘기를 끝까지 듣고 싶어서 필사적으로 뒤돌아봤다. 아저씨가 내게 이렇게 말하는 게 들렸다.

"……교도소에서 반려견 훈련 수업을 들었어. 그때 유기견이었던 헤이피를 만났고. 그러면서 알게 됐지. 내가 한 마리의 개를 돌볼 수 있다는 걸, 한 생명을 사랑할 수 있다는 걸 말이야. 그래서 지금 반려견 훈련사가 되려고 노력 중이야. 이번엔 제대로 사람 노릇 해 보려고. 그래야 아들을 볼 면목도 용기도 생길 것 같아서. 교도소에서 나온 뒤로 아내와 아들을 찾고 있는데 아직 소식을 몰라……."

이모할머니는 나를 집까지 데려다주면서 나더러 절대로 아저씨를 가까이하지 말라고 당부했다. 건물 주인한테도 찾아가 옥탑방 세입자를 얼른 내보내라고, '나쁜 사람'에게 또 세를 줬다간 이모할머니 본인이 이사를 나가겠다고 단단히 일렀다.

나는 그날 아저씨의 얘기를 듣고 나서 '슬프다'라는 퍼즐 조각 하나를 추가했다.

내가 이모할머니의 손에 붙들려 자리를 떠날 때 아저씨가 날 보던 눈빛이 생각났다. 자기를 믿어 주기를 바라는 것 같았다. 아저씨를 바라보는 헤이피의 눈에 담긴 그런 신뢰 말이다. 헤이피의 신뢰가 아저씨에게 다시 힘을 낼 수 있게 용기를 준 걸까? 정말 그렇다면 사람들의 불신은 아저씨의 용기를 꺾어 버리는 게 아닐까?

내가 찾은 '멋지다, 두렵다, 의심스럽다, 걱정하다, 슬프다'의 퍼즐 조각에다가 '믿다'라는 조각 하나를 보탤 수 있을까? 그게 가능할까?

그래도 될까? 안 될까? 될까? 안 될까?

귀신이 나타났다

샤오뤼의 이야기

귀신의 달에 정말로 귀신이 나타날까?

어느 날 밤, 나는 친구 아니와 길을 걸으며 올해 귀신 축제에 어떤 귀신 분장으로 참가할지를 놓고 이야기꽃을 피웠다.

삼 년 전부터 우리 동네는 귀신의 달(귀신 세계의 문이 열린다고 하여 대만에서 음력 7월을 일컫는 말-옮긴이) 중 하루 날을 정해 귀신을 소재로 축제를 열기 시작했다. 축제 때에는 예전에 살던 사람들도 돌아오고 관광객까지 제법 많이 몰려와 온갖 창의적인 귀신 분장으로 축제를 즐겼다. 축제에는 '한밤중 흉가 체험'과 같이 오싹한 프로그램도 있었다.

"올해는 주제가 '환경 보호 귀신'이니까 재활용품을 써서 분장해야 해. 못 쓰는 CD를 이용하는 건 어떨까?"

내가 아니에게 물었다.

"좋아, 엄청 멋질 것 같은데! 잘하면 일등으로 뽑혀서 상금도 받을지 몰라. 참신한 분장이라고 말이야. 근데, 너희 집에 안 쓰는 CD

있어?"

"없는데."

"우리 집에도 없긴 한데, 찾아보면 뭔가 방법이 있겠지."

나는 신나서 얘기하다 말고 갑자기 풀이 죽었다.

이번 여름 방학이 끝나면 우리 집은 다른 지역으로 이사를 간다. 그럼 아니를 자주 볼 수 없게 된다. 게다가 다음 여름 방학에는 공부할 게 많아져서 아니를 보러 못 올지도 모른다.

우리가 한 낡은 집 앞을 지날 때였다. 작은 동네의 밤거리는 가끔 차가 지나가거나 누군가의 말소리가 없으면 무척 조용하다. 나와 아니가 잠깐 얘기를 멈춘 찰나, 그 낡은 집에서 부스럭거리는 소리가 들려왔다.

아니가 내 손을 꽉 잡으며 물었다.

"무슨 소리 안 났어?"

내가 고개를 끄덕였다.

"너도 들었어?"

내가 또 고개를 끄덕였다.

"귀신은 아니겠지?"

아니가 말하자마자 부스럭거리는 소리가 또 났다. 이번엔 더 또렷이 들렸다. 아니는 나를 붙잡고 잽싸게 뛰기 시작했다. 우리는 그 집에서 한참 멀어진 후에야 걸음을 멈추고 거친 숨을 몰아쉬었다.

"저 집엔 아무도 안 사는데, 널빤지로 창문까지 막아 놨고, 갑자기 왜 안에서 소리가 났을까? 귀신의 달이라고 진짜 귀신이 나타난 건 아니겠지?"

"쥐 아닐까?"

난 그렇게 말하면서도 아니를 잡고 있던 손을 놓지 않았다.

"꽤 오랫동안 사람이 안 살아서 먹을 게 없을 텐데, 과연 쥐가 있을까?"

아니의 말이 맞다. 먹을 게 없는데 쥐가 있을 리 없다. 그렇다면 설마 지금이 귀신의 달이라, 게다가 귀신 축제까지 열리니까 귀신이 찾아온 걸까?

"혹시 우리 둘 다 헛것을 들었나? 원래 귀신의 달엔 사람이 좀 예민해지니까."

아니가 말을 이었다.

"그럴 수도 있겠다."

우리는 그렇게 서로를 안심시키면서도 정신없이 허둥대며 발걸음을 재촉했다.

이튿날 오후, 길에서 우연히 친구들을 만났는데 그들도 마침 그 집 얘기를 하고 있었다. 한 친구가 조금 전 그 앞을 지나다가 이상한 소리를 들었다고 했다.

"난 어젯밤에 들었는데, 대낮에도 소리가 났단 말이지? 잘못 들은 건 아니고?"

나는 말은 그렇게 하면서도 속으로는 소름이 돋았다.

"그러게, 잘못 들은 거 아냐?"

누군가 맞장구를 쳤다.

"어젯밤엔 샤오뤄가 들었고 방금은 또 하비가 들었다고 하니까……. 차라리 우리가 다 같이 가서 확인해 보자. 세상에 귀신이 있을 리 없잖아."

우리 중에 가장 겁이 없는 하오거가 말했다.

"그래! 한번 가 보자!"

다들 동의하자 하오거가 앞장서고 모두 그 뒤를 따랐다.

친구들에 둘러싸여 걸어가는 동안 귀신에 대한 걱정 외에도 혼란스러운 감정 하나가 자꾸만 나를 괴롭혔다. 아침에 우연히 아니와 아친이 웃고 떠드는 모습을 봤기 때문이었다. 하필 얼마 전에 내가 아니에게 아친이 귀엽다고 얘기했는데 말이다.

나는 아친과 일 년 동안 같은 반이었지만 서로 잘 모르고 지냈다. 그러다가 학기가 거의 끝나 갈 무렵, 사회 시간에 같은 조가 됐고 걔가 평소에 말수는 적지만 한번 입을 열면 유머가 넘친다는 걸 알게 됐다. 난 원래 그런 스타일의 남자애를 무척 좋아한다. 그래서 가장 친한 친구인 아니한테만 살짝 속마음을 털어놨는데, 아니가 아친과 즐겁게 얘기하는 모습을 보고 내 기분은 나락으로 떨어졌다. 게다가 아친은 늘 하오거 무리와 함께 다녔는데 오늘은 어쩐 일인지 보이지 않았다.

그 빈집으로 가는 길에 아니네 집 앞을 지났다.

아니의 방 창문을 유심히 올려다봤는데 집에 없었다. 커튼이 열려 있으면 아니가 집에 없다는 뜻이다. 어디 갔을까? 너무나 궁금해서 아니의 휴대폰에 전화를 걸었다. 신호음이 한참 동안 흘러나오더니 음성 사서함으로 넘어갔다. 설마 아친을 만나러 간 건 아니겠지?

막상 그 집 앞에 도착하자 다들 표정이 조금 달라진 듯했다. 창문을 막아 놓은 널빤지에 하오거가 귀를 가져다 대고 동정을 살폈다. 친구들이 목소리를 낮춰 물었다.

"뭐가 들려?"

"무슨 소리가 나?"

"아니!"

하오거가 큰 소리로 대답했다.

"그럼 역시 잘못 들었었나 본데?"

"근데, 소리를 들은 사람이 한 명이 아니잖아."

"지금은 대낮인 데다 우리가 우르르 몰려왔잖아. 귀신이 나왔다가도 숨어 버렸겠다. 차라리 밤에 다시 와 보자."

그렇게 다들 자리를 뜨려는 순간, 바스락바스락하는 소리가 똑똑히 들렸다. 나뿐만 아니라 다른 애들까지 다 같이 들었다. 심지어 소리가 점점 커지고 또 점점 가까워졌다.

"도망가자!"

누군가 외쳤다.

그때 그 집의 나무 문이 열리더니 거대한 괴물이 튀어나왔다. 다들 비명을 지르며 도망갔다.

맨 앞에서 달리던 나는 정면에서 걸어오던 사람과 부딪치고 말았다. 귀신 축제를 기획한 메이링 아주머니였다.

"왜들 그렇게 뛰는 거니? 얘들아!"

"귀신이에요!"

우리가 입을 모아 소리쳤다.

"바로 저희 뒤에 있었는데, 못 보셨어요?"

겁이 없는 하오거마저 목소리가 갈라졌다.

"아하, 그 귀신 말하는 거구나? 내가 잘 아는 친군데 너희한테 소개해 줄게."

메이링 아주머니의 말에 내 귀를 의심했다. 아주머니가 귀신 축제를 열다 보니 귀신과 친구라도 된 걸까?

"진짜라니까."

아주머니가 한 번 더 강조했다.

대체 뭐가 어떻게 된 거지?

"바로 우리 귀신 축제의 꽃이라 할 수 있는……."

알고 보니 그 귀신은 어떤 사람이 분장한 거였다.

그 사람은 예전에 메이링 아주머니의 학생이었는데 다른 지역으로 이사를 가면서 우리 동네를 떠나게 됐고, 학교를 졸업한 후엔 수년간 타이베이 부근에서 일하다가 최근에야 다시 돌아왔다고 했다. 그리고 돌아온 지 얼마 안 되어 귀신 축제가 열린다는 얘기를 듣고 참가 준비를 시작했다는 거다. 마침 해변 근처에 있는 한 학교에서 교사로 일하는 그의 친구가 학생들과 해변을 청소하다 비닐봉지를 많이 수거했다고 하자 몽땅 보내 달라고 부탁했다고 한다. 그걸로 옷을 만들어서 비닐봉지 귀신 분장을 하려고 말이다.

메이링 아주머니가 귀신의 주인공 아원 오빠를 우리에게 소개했다. 오빠는 고향에 돌아오자마자 이렇게 멋진 행사가 있다는 걸 알고 곧바로 귀신 옷 제작에 돌입했다고 설명했다. 원래 빛 민감증이 있던 오빠는 새로 커튼을 달 시간이 없어 창문을 가린 널빤지를 일단 그대로 둔 거라면서, 우리가 빈집에 귀신이 나타난 줄 오해하게 만들어서 미안하다는 말도 덧붙였다.

귀신 출몰 사건의 진상이 바로 이거였다.

우리는 아원 오빠의 멋진 분장에 반해서 감탄을 쏟아내며 옷 여기저기를 만져 봤다. 어떤 친구는 갑자기 아이디어가 샘솟는지 '일회용 종이 도시락 분장', '나무젓가락 분장' 등을 만들겠다고 목소리를 높였다. 다들 그렇게 신나고 즐거운데 오로지 나만 신나지도 즐겁지도 않았다. 아니와 아친의 일이 또 생각났기 때문이었다.

그 뒤로 며칠간 아니에게 전화를 걸었는데 휴대폰이 계속 꺼져 있었다. 걔네 집 앞을 지날 때마다 커튼도 매번 열려 있었다.

드디어 돌아온 귀신 축제의 날에도 아친의 모습은 보였지만 아니는 어디에도 보이지 않았다. 대체 무슨 일일까?

축제가 끝난 다음 날이 되어서야 아니가 나를 찾아왔다. 외할머니가 갑자기 넘어졌다는 외삼촌의 연락을 받고 엄마가 자신과 여동생을 데리고 급히 외갓집에 갔었다고 했다. 다행히 외할머니는 크게 다치지 않았지만, 간 김에 며칠 곁을 지키다가 어젯밤에야 돌아왔다는 거다. 얘기를 듣는 동안 나는 살짝 의심스러운 눈빛으로 아니를 쳐다봤다.

아니가 물었다.

"너 왜 그래? 표정이 이상한데? CD로 반짝이 귀신 분장하는 거 내가 못 도와줘서 그래?"

아니가 메고 온 커다란 가방을 열었다.

"진짜 도와주고 싶었어. 반짝이 귀신 분장 말이야. 그거 알아? 그날 내가 아친을 만났는데……."

아친이라는 말을 듣자 심장이 순간 널을 뛰었다.

"너 반짝이 귀신 만들어 주려고 만나는 사람마다 혹시 집에 안 쓰는 CD 있냐고 물었거든. 아친이 보이길래 걔한테도 물어봤는데 갖고 있다고 하더라고. 게다가 이렇게나 많이 가져다줬어. 아쉽게도 귀신 축제에는 못 써먹었지만 지금이라도 만들면 좋을 것 같아. 아친이랑 친구들도 불러내서 우리끼리 조그맣게 귀신 퍼레이드를 열자. 네가 좋아하는 아친이 준 CD로 귀신 옷을 만드는 거야. 네가 입으면 틀림없이 반짝반짝 사랑스러워 보일걸. 이참에 아친이랑 얘기도 많이 나눌 수 있을 테고, 그럼 네가 다른 데로 이사 가도 서로 연락하고 지낼 수 있을 거야."

내가 아니를 오해한 거였다.

"참, 어젯밤에 홈페이지에 올라온 귀신 축제 사진을 봤는데 비닐봉지 귀신이 무지 멋있더라."

아니가 휴대폰을 꺼내 사진을 훑어보면서 말을 이었다.

"근데, 네 반짝이 귀신 분장도 뒤지진 않을 거야. 음? 메이링 아주머니가 또 글을 올렸네. 그 오빠를 소개하는……."

"아원 오빠."

내가 말을 받았다.

"그래, 아원 오빠. 우리 동네로 아예 돌아온 거래. 비어 있던 그 집에다 친환경 옷감 염색과 맞춤옷 전문점을 열 예정이라는데. 그리고……."

아니가 휴대폰을 보며 한 글자 한 글자 소리 내어 읽었다.

"독성이 있는 일반적인 염료 대신에 온전히 식물성 염료로 옷감을 염색하는 가게를 열어서 고객의 기대에 부응하고, 여기저기에 맞춰 입기 쉽고 오래오래 입을 수 있는 옷을 만들고 싶대."

"우아! 아원 오빠 되게 똑똑하다. 이런 말도 했어. 비닐봉지 같은 플라스틱 제품은 토양과 바다를 심각하게 오염시킨다고. 수많은 화학 제품들도 마찬가지고. 이번 축제에서 재활용 비닐봉지로 귀신 분장을 한 이유는 사람들에게 경각심을 일깨우고 싶어서였대. 실은 우리 주변에도 비닐봉지와 같은 '귀신들'이 많은데 다들 잘 모르는 것 같아서. 더 많은 사람들이 그 사실을 깨닫고 '귀신 잡기'에 나섰으면 하는 바람이래."

얘기를 듣다 보니 문득 우습다는 생각이 들었다!

일상생활에서도 귀신이 많은데 사람들은 전혀 알아채지 못하는가 하면, 막상 나는 아무것도 아닌 일을 의심하면서 스스로 마음속 '귀신'을 만들어 낸 셈이었다. 아니 덕분에 '귀신 잡기'에 성공해서 정말 다행이었다.

이사 가기 전 마지막 귀신의 달에 '귀신 들린 듯' 이상한 사건이 많았지만 대부분 좋은 일이었고, 아원 오빠의 '귀신 이론'도 굉장히 새로웠다. 이 모든 추억을 안은 채 나는 가족과 함께 이사를 떠났다. 어떤 때는 마음이 허전하고 그립다가도 가끔은 여전히 예전 그 집에 사는 것처럼, 친구들이 곁에 있는 것처럼 느껴지곤 한다.

거짓 연기

문어의 이야기

"야! 아제, 너희 아빠는 결국 안 오셨네?"

"내 말이. 오늘은 엄청 중요한 날이라 아빠가 꼭 응원하러 올 거라며?"

"치, 맨날 말만 했지 정말로 온 적은 한 번도 없잖아. 자기네 아빠가 어마어마한 야구 고수라고 막 큰소리쳐 놓고선. 언제고 연습장에 오면 아창 선생님이랑 둘 중에 누가 더 잘하는지 한번 겨뤄 봐야 한다며? 아, 이제야 알겠다. 너희 아빠가 본때를 보여 주러 안 와서 우리가 졌나 봐."

우리 야구팀이 다른 학교 팀과의 친선 경기에서 지는 바람에 다들 기분이 상할 대로 상했다. 가족과 친구들이 응원하러 와서 물과 수건에 먹을 것까지 챙겨 준 선수들은 찌푸렸던 얼굴에 금세 생글생글 웃음이 돌았다. 아무도 보러 오지 않은 우리 같은 선수들은 우리끼리라도 서로 어깨를 토닥이며 힘내자고 격려하면 좋을 텐데, 그러지는 못할망정 내 탓을 하다니.

"쳇, 지면 지는 거지 우리 아빠를 갖다 붙일 건 또 뭐야? 아침에 볼일이 생겨서 그것만 처리하고 올 거랬는데. 어젯밤엔 밤새 내 응원판까지 만들어 줬단 말이야. 아마 그 밉살스러운 상사가 또 문자 메시지를 보냈겠지. 그래서 하는 수 없이 일하러 끌려갔을 거야. 맨날 그런 식이라니까. 누군 뭐 이렇게 될 줄 알았나?"

나는 혼자 구시렁거리며 터덜터덜 걸어가 짐을 챙겼다. 야구팀 코치인 아창 선생님과 아이들에게 대충 손을 흔들고는 고개를 떨군 채 경기장을 나섰다.

야구 경기가 열린 곳은 허빈 공원 운동장이었다. 나는 시선을 땅바닥에 고정하고 잰걸음으로 공원을 가로지른 후 제방 난간에 올라서서야 속도를 늦췄다. 제방에서 내려다보니 공원에 사람이 바글바글했다. 방학 때면 늘 이렇게 어딜 가나 사람이 많다. 그것도 하필이면 사랑이 철철 넘치는 가족들이 우글댄다. 저쪽에서 자전거를 타고 있는 코흘리개 꼬마가 눈에 들어왔다. 녀석의 아빠가 뒤에서 자전거를 잡아 주면서 응원했다.

"좋아, 그래 그렇게. 정말 잘하네. 계속 가, 쭉……."

녀석의 엄마도 옆에서 환하게 웃으며 휴대폰으로 영상을 찍고 있었다. 저게 뭐 그렇게나 즐거운 일인가? 입이 벌어지다 못해 찢어지겠다, 찢어지겠어! 사실 나도 어릴 때 저랬다. 아빠가 뒤에서 자전거를 잡아 주면서 나더러 계속 가라고 하다가 슬쩍 손을 놓았다. 난 그런 줄도 모르고 앞만 보고 페달을 굴렸고 어느새 혼자 자전거를 탈 수 있게 됐다.

좀 더 걸어가니 소풍 나온 가족이 보였다. 아빠가 딸에게 연 날리는 법을 알려 주고 있었다. 손짓 발짓을 하는 모양이 아마 바람의 방향에 관해 설명하는 듯했다. 그거라면 나도 잘 안다. 연 날릴 때는 바람을 등져야 연이 바람을 타고 날아오른다. 바람의 방향은 풀을 한 줌 뽑아서 날려 보면 바로 알 수 있다. 이게 다 우리 아빠가 가르쳐 준 거다. 저 여자애 아빠는 실력이 형편없었다. 한참 손짓 발짓을 하더니 막상 연을 날리자 곧바로 퍽 하고 연이 고꾸라졌다.

야구 연습을 하는 아빠와 아들도 있었다. 아빠가 공을 던지자 아들이 방망이를 휘둘렀다. 아이고, 저렇게 해서 무슨 연습이 되겠어? 그냥 공놀이 수준이군. 내가 어렸을 때는 전혀 달랐다. 그때 우리 아빠는 내게 벌써 정확한 타구 자세를 가르쳐 줬을 뿐만 아니라 반복해서 연습하면서 내 동작을 바로잡아 줬다. 공을 더 높이 더 멀리 칠 수 있게 말이다. 내가 야구를 좋아하는 건 다 아빠 덕분이다.

제방을 따라 걷다 보니 서서히 해가 기울었다.

배가 고파진 나는 길거리의 아무 분식집에 들어가 저녁을 때웠다. 그러고는 다시 발길 닿는 대로 이곳저곳을 쏘다녔다. 어차피 집에 들어가도 아무도 없다. 어슬렁거리다 어떤 작은 골목을 지나는데 마침 강아지 한 마리가 눈에 들어왔다. 온통 까만 몸통에 유독 발 있는 데만 하얀 강아지였다. 녀석은 저쪽으로 뛰어갔다가 멈춰 서더니 다시 이쪽으로 달려와 킁킁 냄새를 맡았다. 안절부절못하며 무언가를 찾고 있으면서도 막상 어디서 찾아야 할지 모르는 듯했다. 녀석이 길을 잃은 걸까? 혹시 주인을 찾고 있나? 아니면 집에 가는 길을? 이리저리 뛰어다니다가 결국 포기했는지 꼬리가 아래로 축 처지고 발걸음에도 힘이 빠졌다.

녀석을 보고 있자니 갑자기 내 눈가가 뜨거워졌다. 저렇게 비참한 꼴이라니. 왠지 울고 싶어졌다. 꼴사납게도 진짜로 눈물이 뺨을 타고 흘렀다.

그래, 내 꼴도 저 녀석 못지않게 비참하다. 이 눈물은 다 아빠 때문이다!

내가 어릴 때 아빠는 마약을 흡입하고 판매한 죄로 교도소에 들어갔다. 아빠가 칠 년을 갇혀 있어야 한다는 걸 알고 나는 줄곧 기다렸다. 하지만 그 칠 년이 이미 지났는데도 아빠는 돌아오지 않았다. 엄마는 내게 늘 입버릇처럼 말했다. 아빠는 책임감이라곤 눈곱만큼도 없는 사람이라 교도소에서 나와도 절대 바뀌지 않을 거라고, 그러니까 나더러 아빠가 아예 없는 셈 치라고. 하지만 난 그럴 수 없었다. 그래서 어려서부터 모든 걸 가짜로 꾸며 냈다. 아빠가 내 곁에 있는 것처럼, 나를 끔찍이 사랑하는 것처럼, 나한테 이것저것을 가르쳐 준 것처럼 말이다. 사실 아빠가 자전거 타기, 연날리기, 야구 연습을 도와줬다는 건 모두 지어낸 얘기다. 나는 어째서 그런 거짓 연기를 했을까? 아마 내 마음속에 있는 커다란 구멍을 그렇게라도 메우면 사람들에게 들키지 않을 것 같았나 보다.

눈물이 줄줄 흐르다니, 젠장! 이렇게 흐르고 흘러서 지구를 한 바퀴 돌 것도 아니면서, 어쩌자고 자꾸만 흘러나오는 거야? 왜 안 멈추는 거냐고.

내가 그 까만 개를 쳐다보자 녀석도 날 물끄러미 바라보는가 싶더니 아예 가까이 다가와 내 바짓단에 코를 대고 킁킁거렸다. 어딘가 모자란 녀석인가 싶었다. 문득 녀석을 집에 데려가고 싶다는 생각이 들었다. 그런데 그래도 되나? 엄마가 알면 틀림없이 도로 내다 버릴 텐데.

녀석을 무시하고 뒤돌아서 골목을 빠져나왔다. 녀석도 나를 따라오지는 않았다. 아마도 녀석이 실망해서 가 버렸나 보다 하는 생각이 들자, 나를 등지고 터벅터벅 걸어가는 녀석의 모습이 머릿속에 그려졌다. 힘없는 발걸음으로 점점 멀어지더니 그 풀 죽은 뒷모습이 작아지다 못해 어둠 속으로 사라졌다.

한 발 한 발 내딛는 내 발걸음에도 힘이 없었다. 나 역시 그렇게 어둠 속으로 빨려 들어갈 것만 같았다. 솔직히 말하면 어둠 속으로 확 사라져 버리고 싶었다. 그런데 어둠이 한사코 날 삼키려고 들지 않아서 어쩔 수 없이 우리 집 빌라 앞까지 와 버렸다. 나는 '철컥' 하고 힘껏 철문을 민 후 커다란 빌라의 입속으로 걸어 들어갔다.

문을 대충 포개 놓고 꼭 닫지는 않았다. 어차피 그 문은 원래 잘 안 닫힌다. 난 마치 흐물거리는 음식처럼 느릿느릿 꾸물거리며 계단을 올라갔다.

그때 뒤에서 끼익 소리가 났다. 철문이 천천히, 아주 천천히 열리는 소리였다.

뒤돌아봤더니 그 까만 개가 문 앞에 서 있었다.

저 녀석, 줄곧 내 뒤를 따라온 건가?

내가 웃어 보이자 녀석이 신나서 달려왔다. 녀석을 꼭 끌어안은 후, 둘이 함께 폴짝폴짝 계단을 뛰어올라 우리 집에 다다랐다. 집 안에 들어서자 불을 켤 새도 없이 녀석이 내 품으로 돌진했다.

녀석을 안고, 안고, 또 안고……. 낯간지러운 줄도 모른 채 녀석을 꼭 부둥켜안았다.

'딸깍!'

'탁!'

엄마가 돌아와서 문을 열고, 불을 켜고, 그런 다음 깜짝 놀란 얼굴로 나를 쳐다보며 물었다.

"뭐야? 불도 안 켜고 바닥에 앉아서 뭐 하니?"

"아무것도 아니야! 경기하느라 기진맥진해서 쉬고 있었어."

"소파는 뒀다 뭐하고?"

엄마는 미간을 찌푸리며 그렇게 한마디 툭 던지고는 방으로 들어갔다.

난 계속 바닥에 앉아 있었지만, 옆에 까만 개는 없었다. 조금 전에 녀석이 나를 따라왔다고 한 것도, 녀석을 데리고 집으로 들어온 것도, 이제 친구가 생겼다고 생각한 것도, 다 내가 꾸며 낸 상상이다. 칫! 어쩌자고 자꾸 그렇게 꾸며 내는 거야? 다 가짜라고! 다……. 가짜라고…….

구멍

아야의 이야기

"우아! 정말 굉장해!"

파란 하늘을 뒤로 한 채 우뚝 서 있는 고목을 올려다보니 감탄이 절로 나왔다. 그 거대한 나무는 큰 산불로 타 죽은 향나무였다. 나무가 죽으면 속이 비고 볼품없을 줄 알았는데 죽은 뒤에도 저렇게나 위엄이 있을 줄은 상상도 못 했다.

"멋져! 멋져! 멋져! 너무너무 멋져!"

내가 계속해서 감탄을 쏟아 내자 옆에서 이모가 웃으며 말했다.

"드디어 네가 정상으로 돌아왔구나."

어? 정말 그랬다. 내가 다시 정상으로 돌아왔다. 평소에 늘 재잘대던 나는 우리 반에 그 일이 일어난 뒤로 갑자기 아주 조용해졌다. 사실 나뿐만이 아니라 많은 친구가, 아니 우리 반 아이들 대부분이 이상해졌다. 그 일은 너무나 갑자기 벌어졌다. 전날까지만 해도 다들 멀쩡했는데 그저 하루가 지났을 뿐인 이튿날, 친구 한 명이 사라졌다. 그 애는 차에 치였다. 사라졌다. 없어져 버렸다. 우리 반에서. 이

세상에서.

그 일 이후 우리는 눈에 띄게 변했다. 수업이 끝나도 교실 안은 괴이한 고요함에 휩싸였다.

나 역시 시선이 자꾸만 앞쪽 빈자리에 가서 꽂혔다. 그렇게 계속 바라보고 있자니 마치 내 마음속에도 구멍이 생긴 것 같았다. 누군가 울음을 터뜨리며 떨리는 목소리로 말했다.

"그 애는 어디로 간 걸까?"

그러게……. 죽으면 도대체 어디로 가는 걸까?

죽음이라는 단어 자체는 별로 어려운 말이 아니라 무슨 뜻인지야 잘 안다.

하지만 정말로 죽음이란 대체 어떤 걸까?

밉살스러운 남자애 하나가 분위기 파악을 못 한 건지 아니면 그 괴이한 고요함을 견딜 수가 없었던 건지 별안간 이상하게 웃으며 다른 남자애에게 큰 소리로 물었다.

"저 자리에 앉을 만큼 용감한 사람이 있을까? 아마 아무도 없을걸. 저기 앉는 사람한테는 내가 게임 스티커를 선물로 주지."

남자애들 사이에서 '우아' 하는 소리가 터져 나오더니 누군가가 소리쳤다.

"누가 저기 앉겠냐? 그랬다간 그 여자애가 오밤중에 찾아올지도 모르는데!"

그러자 더 큰 탄성과 함께 웃음도 한차례 터졌다. 그렇게 말도 안 되는 얘기로 웃고 떠들어서 괴이한 고요함에서 벗어날 수 있다면 나도 그러고 싶었다. 하지만 어찌 된 일인지 나는 탄성도 웃음도 나오지 않았다.

내 분위기가 심상치 않은 걸 보고 이모가 같이 산에 가자고 했다. 워낙 등산을 좋아하는 이모는 평소에 함께 산을 타는 친구들도 있었고, 이번에는 해발 삼천 킬로미터가 넘는 높은 산에 도전할 예정이었다. 나도 운동 신경이 좋은 편이라 가족들과 근교에 있는 산에 곧잘 오르곤 했지만, 등산보다는 탁구 같은 구기 운동을 좀 더 좋아했다. 그런데 이번 방학에는 탁구나 농구를 하자고 친구를 불러낼 마음이 도저히 생기지 않아서 그냥 이모의 제안을 받아들이기로 했다. 이모를 따라서 나 자신을 험준한 산에 한번 내맡겨 보기로 말이다.

그런데 막상 험준한 산에 나를 내맡기는 게 결코 쉬운 일이 아니었다. 내가 비록 체력이 좋고 잘 걷는 편이라고 해도 높이가 해발 삼천 킬로미터나 되는 산에 오르자 산소가 희박해져서 숨쉬기도 힘들고 발에 천근만근 추를 매단 듯 몇 걸음 내딛기도 힘들었다. 다행히 이모 일행이 산을 탄 경험이 많아서 미리 만반의 준비를 한 데다 내게도 주의 사항을 잘 일러 준 덕분에 순조롭게 각 지점에 차례로 도달할 수 있었다. 나는 고비가 올 때마다 힘든 순간을 참고 견디면서 스스로의 한계에 도전했다. 그러는 동안, 우리 반에 발생한 사건과 그 이후에 일어난 변화도 거의 잊게 됐다.

우리는 산길을 따라 걸으며 소나무 숲과 전나무 숲, 자갈길을 지나 향나무 숲에 이르렀다.

"위산 향나무 숲은 그야말로 고대 신전 같다니까!"

이모 친구가 말했다. 나도 그런 느낌이 들었다. 신전에 직접 가 보지는 않았어도 사진으로 본 적은 있다. 거대한 향나무를 지탱하는 굵은 나무 밑동은 마치 신전의 돌기둥처럼 그 옆에 선 사람을 터무니없이 작아 보이게 만들었다.

위산 향나무들은 수령이 모두 오백 살이 넘었다고 했다. 이삼천 살이 넘는 나무부터 사천 살, 심지어 오천 살이 넘는 나무도 있었다. 어떤 나무는 이미 생명이 다해서 바닥에 쓰러져 있었다. 하지만 죽어서 쓰러진 모양마저도 굉장한 장관을 만들어 냈고 거기서 어린 향나무가 자라났다. 쓰러진 나무 속 구멍을 바라보다 문득 이런 생각이 들었다. '구멍'이 꼭 텅텅 빈 것도, '죽음'이 꼭 '삶'과 영영 헤어지는 것도 아니라고.

산길을 걸으며 나는 한동안 말을 잃었다. 일행에 뒤처지지 않게 발걸음을 재촉하느라 힘들기도 했지만, 산에서 얻은 놀라운 경험과 생각을 곱씹느라 그렇기도 했다.

산불로 타 버린 향나무 숲, 그중에서도 특히 생명이 다했음에도 여전히 하늘을 향해 꼿꼿이 머리를 쳐들고 서 있던 그 고목은 무척이나 감탄스러웠다.

그 고목 덕분에 난 이모 말대로 갑자기 정상으로 돌아왔다. '깨어만 있으면 늘 재잘거리는 상태'로 말이다. 그러나 그것도 잠시였다. 돌아오는 길에 어떤 광경을 보기 전까지만 그랬다. 잔뜩 구름이 껴 있던 하늘에 돌연 구멍이 하나 열리더니 눈부시게 찬란한 금빛 햇살이 쏟아졌다. 나는 순간 말을 잃은 채 어찌할 바를 몰랐다.

방학이 끝나고 학교로 돌아간 첫날 아침, 비어 있던 그 자리에 난데없이 어떤 여자애가 앉아 있었다.

나는 가슴이 마구 두근거렸다. 그 애가 거기 앉아 있는 모습이 마치 '구멍'에서 산 채로 튀어나온 것만 같았기 때문이다.

잠시 후, 저번에 내기를 걸었던 남자애가 뒤에서 수군거리기 시작했고 모두가 그 여자애를 뚫어지게 쳐다봤다. 다들 궁금해하면서도 경계하는 눈빛들이었다. '누가 저기 앉겠냐? 그랬다간 그 여자애가 오밤중에 찾아올지도 모르는데.'라고 했던 말이 떠올라서였을까?

그 애는 전학생이었다. 얼마 전에 일어난 어떤 사건 때문에 교실 분위기가 이상해진 반에 자기가 전학 온 줄은 상상도 못 할 것이다. 새로 온 친구와 잘 지내라는 선생님의 당부에도 불구하고 쉬는 시간에도 그 애 주변에는 아무도 얼씬거리지 않았다. 교내 방송으로 그 애의 이름이 불리고 교무실에 다녀가라는 안내 사항이 전달된 뒤, 그 애가 교무실이 어딘지 모르니 도와 달라는 눈빛으로 우리를 둘러봤을 때도 나서는 사람은 아무도 없었다.

교실 맨 뒤에 앉아 있던 나는 못 참고 벌떡 일어났다. 곧장 그 애에게 다가가 얼굴에 미소까지 띠고 말했다.

"교무실에 갈 거면 내가 데려다줄게."

줄곧 굳어 있던 그 애의 얼굴이 내 말 한마디에 금세 밝아지더니 고마워서 어쩔 줄 모르는 웃음이 온 얼굴에 퍼졌다.

그날 학교가 끝나고 평소처럼 정류장에서 버스를 기다리는데 문득 그 빈자리의 원래 주인이 생각났다. 이제는 우리를 떠난 그 친구는 나와 그다지 친하지는 않았지만 언제나 친절했다. 한번은 수업을 마치고 그날따라 조금 늦게 학교를 나섰다가 그 애와 함께 버스를 기다린 적이 있다. 그때 갑자기 소나기가 쏟아지기 시작했고 빗줄기가 정류장 안까지 들이쳤다. 그 애는 내가 우산이 없는 걸 보고 재빨리 작은 우산을 펼쳐서 내가 비에 젖지 않도록 막아 줬다. 나한테 계속 우산을 받쳐 주기 위해 자기 버스가 먼저 왔는데도 타지 않고 소나기가 그칠 때까지 함께 기다려 줬다. 그때 나도 고마워서 어쩔 줄 모르는 웃음을 지었었다. 오늘 전학 온 애가 나한테 보인 바로 그 똑같은 미소를 말이다.

버스가 왔다. 감격에 마지않던 그 미소 두 개가 머릿속에서 천천히 겹쳐지더니 하나가 됐다.

난 가벼운 발걸음으로 버스에 올랐다. 마음속에 있던 구멍이 벌써 다 채워진 데다 거기서 무언가가 파릇파릇 자라난 듯했다.

틈

알렉스의 이야기

틈.

평일 하교 후 선도부 일까지 마치고 학원 수업이 시작하기 전, 잠깐 틈이 생긴다.

틈의 위치는 한 서점 앞 작은 화단이다. 그때마다 나는 갖가지 꽃들에 둘러싸인 벤치에 앉아 간식으로 튀김과 버블티를 먹으며 휴대폰을 들여다봤다.

그 틈은 내게 꿀맛 같은 시간이다. 늘 같은 자리를 향해 걸어가며 주변을 둘러보면 거기가 서점에도 꿀맛 같은 장소라는 생각이 들기도 했다.

서점.

그 서점은 서점 같지가 않았다.

이웃에 사는 아이 엄마가 종종 애를 데리고 들어가 한가로이 시간을 보냈다. 서점 주인은 환하게 웃는 얼굴로 아이의 손을 끌며 걸음마를 가르쳤다. 아이가 아장아장 걷다가 책을 보던 손님 옆으로 다가가면 그 손님이 다시 아이 손을 잡고 걸음마를 도와줬다. 게다가 거기 주인은 손님이 있든 없든 늘 시집 한 권을 손에 들고 시를 낭독했다. 마치 자기 서재에라도 있는 것처럼 말이다.

주인.

그 서점 주인은 주인 같지가 않았다.

그는 자주 서점을 비웠다. 그럴 때마다 계산대에 양철통을 갖다 놓고는 손님더러 거기다 직접 돈을 넣고 책을 가져가라고 했다.

통 속으로 동전이 들어갈 때 나는 '땡그랑' 소리가 제법 낭랑하니 듣기 좋았다.

고향 도서관.

공공 도서관이나 사립 도서관은 알아도 고향 도서관은 들어 본 적이 없었다.

그날, 이웃에 사는 아이 엄마가 또 애를 데리고 서점에 놀러 나왔는데 이번엔 애가 혼자서 걸어 다녔다. 다만 좀 뒤뚱뒤뚱 걷는 통에 가는 곳마다 사람들이 뒤따랐다가 아이가 중심을 잃으려는 순간 붙잡아 주곤 했다. 얼마 후 아이의 걸음걸이가 점점 안정되자 다들 한시름 놓고 주의가 소홀해졌다. 그 틈에 그 꼬마가 걷고 또 걸어 밖으로 나오더니 내가 있는 데까지 왔다. 순간 비틀거리며 넘어지려는 꼬마를 내가 후다닥 붙들었다. 나는 잔뜩 긴장한 채로 꼬마의 손을 잡고 서점 안으로 들어갔다. 아이를 엄마한테 '데려다주려고' 말이다.

그때 마침 서점 주인이 종이 상자에서 책을 꺼내 옮기고 있었다. 그가 날 보며 웃으며 물었다.

"맛있게 먹었니?"

난 가만히 서서 고개를 끄덕였다. 무슨 책인지 힐끗 봤는데 온통 모르는 글자투성이였다. 그중에 용케 눈에 익은 책 표지가 몇 개 있어서 가까이 다가가 자세히 들여다봤다. 내가 궁금해하는 걸 눈치채고 주인이 설명했다.

"인도네시아, 베트남 같은 여러 동남아 국가에서 기증한 거야. 주말에 외국인 노동자들이 잘 모이는 곳에 갖고 가서 고향 도서관을 열려고."

이야기.

난 어떤 낯선 사람의 이야기에 넋이 나갔다.

평일엔 오로지 그 잠깐의 틈에 갖는 꿀맛 같은 휴식밖에 없지만, 오늘처럼 시험이 막 끝난 데다 엄마 아빠가 집에 없는 주말이면 어디든 맘대로 갈 수 있다. 나는 친구와 기차를 타고 바닷가에 놀러 갔다. 다시 기차를 타고 돌아와 역에서 친구와 헤어진 뒤, 문득 그 도서관에 가 보고 싶다는 생각이 들었다. 그날 도서관이라는 말을 들어서인지 그리움이 밀려왔다. 어릴 때 나는 도서관에 틀어박혀 책을 보곤 했다. 그러다 내 삶의 중심이 온통 공부로 쏠리면서 다른 일과는 비중이 점점 쪼그라들었고 나중엔 희끄무레해서 잘 보이지도 않는 배경처럼 되어 버렸다. 도서관도 예외는 아니었다.

어릴 적 도서관을 떠올릴 즈음 서점 주인이 눈에 들어왔다. 그는 앞에다 책 상자 여러 개를 펼쳐 놓고 고향 도서관을 열었다. 주변엔 외국인 노동자 몇 명이 빙 둘러서 있었다. 주인이 나를 발견하고는 "안녕?" 하고 먼저 인사를 건넸다.

아주머니로 보이는 손님 한 명이 책을 집어 들고 물었다.

"빌릴 수 있나요?"

주인이 대답했다.

"네. 집에 갖고 가셔도 돼요."

그 아주머니가 감격한 듯 말했다.

"여기선 아무리 찾아도 없거든요. 우리가 볼 만한 책이 전혀 없어요. 오랜만에 인도네시아에 돌아갔을 때 가지고 왔던 책은 벌써 다 너덜너덜해졌고요."

주인이 웃으며 말했다.

"몇 권 더 골라 보세요."

다른 책을 더 찾아보던 아주머니는 어떤 그림책 한 권을 발견하더니 갑자기 넋이 나간 듯했다. 그 책 표지를 보니 나도 어렸을 때 읽었던 《내가 아빠를 얼마나 사랑하는지 아세요?》(세계적인 동화 작가 샘 맥브래트니의 작품으로 원제는 《Guess How Much I Love You》이다-옮긴이)라는 책이었다. 고개를 드는 아주머니의 눈에서 눈물이 반짝였다. 주인이 말했다.

"다 가져가세요."

환하게 웃는 아주머니의 얼굴에 쓸쓸함이 묻어났다.

"나는 여기서 가정부로 일하느라 인도네시아에 있는 아들을 돌볼 수가 없거든요. 지난번에 갔을 때 아들에게 바로 이 책을 선물했어요."

그녀의 눈에 또 눈물이 고였다. 바로 그 순간 나는 멍해져서 꼼짝도 할 수 없었다.

안식처.

그들의 안식처는 알고 보니 아주아주 먼 곳에 있었다.

우리 집에도 외국인 가정부 아주머니가 있다. 언젠가 아주머니가 가족사진을 보며 눈가가 촉촉해진 걸 본 적이 있다. 그때는 그냥 빛이 반사되어 그렇게 보인 줄 알았다. 아주머니도 아이가 있는데 막상 자기 아이는 돌볼 수 없다는 사실을 나는 지금껏 생각해 본 적이 없었다. 고향에 아빠도, 엄마도, 할머니도 있을 텐데 여기서 편찮은 우리 할머니를 돌보고, 우리 집을 청소하고, 우리 가족을 위해 요리했던 거다. 그것도 하필 매운 걸 안 먹는 우리 집에 오는 바람에 우리 엄마한테 새로 요리를 배워서 늘 우리나라 요리만 만들고 먹었다. 분명 인도네시아 요리를 더 좋아할 텐데 말이다. 게다가 인도네시아 말을 하는 아주머니가 억지로 우리 말을 배우고 써야 했다는 것도 전혀 생각지 못했다.

머나먼 고향에 있는 안식처는 이제 오히려 그들에게 타지가 되어 버렸다. 나는 다행히 안식처에 살고 있으면서도 쉴 새 없이 바쁜 일과

속에서 어떻게든 작은 틈을 만들었다. 하지만 그들에게는 잠시나마 마음을 쉴 만한 틈이라고 해 봤자 이번 주말처럼 같은 고향 사람이 모이는 시간밖에 없을 것이다. 고향 도서관도 거기에 포함될 테고.

알아 가다.

첫발만 떼면 곧 서로를 알아 갈 수 있다.

나는 서점 주인이 고향 도서관을 운영하는 걸 도왔고 다 끝난 후에는 그와 함께 서점으로 돌아와 남은 책을 정리했다. 정리를 마칠 때쯤, 책장 한곳에 꽂힌 책들이 모두 동남아시아와 관련된 것을 발견했다.

책장 앞에 서 있는 나를 보고 주인이 말했다.

"동남아시아의 생활과 문화, 사회에 대해서 사람들이 좀 더 알았으면 하고 책을 모아 놨어. 외국인 배우자나 외국인 노동자들은 우리한테 맞추려고 애쓰는데 막상 우린 그들에 대해 아는 게 거의 없거든."

나는 그 얘기를 들으며 손을 뻗어 책을 한 권 빼냈다. 그러고는 천천히 훑어보기 시작했다.

첫발을 떼기만 한다면 곧 서로를 알아 갈 수 있을 것이다. 아주 작고 조그마한 틈부터 시작해서!

속박에서 벗어난 파리

샤오이의 이야기

오늘은 옆집 검은 고양이의 뒤를 밟으며 놀기로 했다.

녀석은 매일 집을 나섰다가 저녁때가 되어서야 돌아온다. 대체 어디 가는 걸까? 호기심이 발동한 나는 이참에 한번 알아보기로 했다.

실은 내 무료함을 달랠 놀이가 필요했다. 여름 방학이 되면서 한결 덜 따분하긴 했다. 학교는 정말이지 너무 재미없으니까. 수업 시간마다 선생님은 고리타분한 내용을 되풀이하고 아이들은 꾸벅꾸벅 졸거나 휴대폰을 갖고 놀았다. 난 소설을 써 보려고 안간힘을 썼지만 자꾸만 마음이 들떴다. 마음이 들뜨면 배가 아픈 걸까? 어찌 된 일인지 수업만 시작하면 배가 몹시 아파서 아빠나 엄마한테 데리러 오라고 연락하곤 했다. 그런데 막상 병원에 가 보면 별 이상이 없다는 거다. 비슷한 상황이 반복됐지만 뾰족한 수가 없었고 급기야 내가 배 아프다는 소리만 하면 엄마 아빠는 머리가 지끈거린다고 했다.

여름 방학이 되자 자유롭게 책도 보고 소설도 쓰다가 심심하면 새로운 놀이를 찾아내서 시간을 보낼 수 있다 보니 내 증상이 눈에 띄게 좋아졌다. 덕분에 엄마 아빠가 골치 아플 일도 사라졌다.

그 고양이는 담벼락을 따라 내딛는 네 발에 날개라도 돋친 듯 잽쌌다. 그래도 다행히 내 자전거 속도랑 얼추 비슷했다. 다만 찌는 듯한 더위에 나는 온몸이 땀에 흠뻑 젖었다. 녀석이 담벼락 위에서 뛰어 내려오더니 테라스를 따라 유유히 걸었다. 그러다 국수 가게 앞에 멈춰 선 녀석은 주인아저씨가 쓰다듬게 머리를 내줬다. 가게 안의 텔레비전에서 뉴스가 나오고 있었다. 올여름 기온이 역대 최고치를 기록할 거라는 보도에 이어서 전기세가 오른다는 소식이 전해졌다. 내 이마의 땀이 국수 가닥처럼 흘러내렸다.

검은 고양이가 다시 발걸음을 재촉하더니 모퉁이를 돌아 카페 앞에 멈춰 섰다.

카페 안에는 털이 새하얀 고양이 한 마리가 탁자 위에 엎드려 있었다. 두 녀석이 꼬리로 인사를 나누는 듯했다. 가게 밖에 걸린 반핵 깃발에 눈길이 갔다. 나는 서로 관련되어 보이는 것들을 한데 모아 연결 짓는 걸 좋아한다. 온실 효과, 전기세 인상, 반핵이라. 흠, 다 같이 엮으니 그다지 말이 되는 것 같지는 않군.

오래된 주택가에 들어선 녀석이 한 낡은 집 앞에서 걸음을 멈췄다. 그러고는 자그마한 테라스까지 느긋하게 걸어가 얌전하게 자리를 잡고 앉더니 집 안을 응시했다. 그 집 기둥엔 '함께 집짓기'라는 안내문 한 장이 붙어 있었고 안에서는 사람들이 일하느라 분주해 보였다. 나는 아주 천천히 자전거를 몰았다. '함께 집짓기'라는 게 대체 뭔지 호기심이 들었고 그 고양이가 뭘 보고 있는 건지도 궁금했다. 그때, 앞 골목에서 자전거 한 대가 갑자기 튀어나오더니 엄청나게 빠른 속도로 다가왔다. 나는 재빨리 핸들을 틀었다. 그런데 방향을 너무 힘껏 꺾는 바람에 중심을 잃은 자전거가 그 테라스로 돌진해서 고양이를 덮쳤다. 깜짝 놀란 고양이가 집 안으로 달아났고, 미처 브레이크를 잡을 새도 없이 나까지 집 안으로 들이닥쳤다. 안에 있던 사람들은 순간 비명을 지르며 사방으로 흩어졌다. 진흙 벽돌을 쌓아 놓은 나무 선반 위로 고양이가 뛰어올랐고 내 자전거도 그 나무 선반에 부딪히고 나서야 겨우 멈췄다.

고양이 녀석은 순식간에 어디론가 자취를 감춰 버렸다. 나만 그 끔찍한 상황에 남겨 두고서!

"괜찮니?"

키가 아주 큰 남자가 다가와 물었다.

나는 벌떡 일어나 먼지와 흙을 털며 대답했다.

"네."

바닥에 떨어진 진흙 벽돌들을 훑어본 뒤 그 키 큰 남자를 바라보며 말했다.

"제가 망가뜨렸으니까 제가 책임질게요."

"좋아, 그럼 너한테 맡길게."

그는 아주 환하게 웃더니 고등학생으로 보이는 남자애를 불러 나에게 벽돌 만드는 법을 가르쳐 주라고 했다.

알고 보니 '함께 집짓기'는 사람들이 모여서 집을 고쳐 주는 자원봉사 활동이었다. 보수는 따로 없고 식사와 간식 정도만 집주인이 제공하는 형태였다. 건축 전문가나 엔지니어가 참여할 때도 있지만 그렇지 않은 사람들도 많고 단순히 체험 학습을 위해 온 사람도 있다고 했다. 그 고등학생처럼 말이다.

현재 작업은 벽을 만드는 단계였다. 그냥 진흙 덩이인 줄 알았던 게 사실은 진흙 벽돌이었다. 진흙 벽돌을 만드는 작업은 모래 등의 재료를 발로 밟는 것부터 시작한다. 어느 정도 점성이 생길 때까지 밟다가 네모난 틀에 넣어 벽돌 모양으로 만든 다음 그늘에 말리는 거다.

그 남자애는 일하면서 노래를 흥얼거렸다.

"싹둑싹둑, 볏짚을 썰다가, 손이 아프면 진흙을 밟자. 질근질근, 진흙을 밟다가, 다리가 풀리면 벽돌 틀을 누르자. 꾸욱꾸욱, 틀을 누르다가, 힘이 빠지면 처음부터 한 번 더!"

난 못 참고 중얼거렸다.

"이게 그렇게 재밌나?"

내 말이 그 애에게 들렸나 보다. 그 애가 의아한 눈빛으로 나를 한 번 쳐다보더니 씩 웃으며 말했다.

"내가 원래 따분한 일에서도 재미를 잘 찾아내거든."

그 말을 들으니 이상하게 짜증이 나면서도 한 대 얻어맞은 듯한 기분이 들었다. 사실 그 애는 뭘 하든 진짜로 즐거워 보였다. 사람들의 잡담을 들을 때도, 파리잡이 끈끈이에 달라붙은 파리를 볼 때도……. 나도 실은 그 끈끈이에서 눈을 뗄 수가 없긴 했다. 점심 식사를 마치고 다들 도란도란 얘기를 나누는데 나는 딱히 끼고 싶지가 않아서 파리만 쳐다봤다. 저수지 바닥에 쌓인 진흙은 비료 성분이 들어 있어서 파리가 꼬인다고 했다. 끈끈이에 붙은 파리가 몸부림치는 모습을 보고 있자니 안타까운 마음이 들었다. 어떤 파리는 오른쪽 다리만 끈끈이에 들러붙었을 뿐 왼쪽 다리는 멀쩡히 움직이는 채로 열심히 발버둥 쳤지만 벗어나는 데엔 실패했다.

그날 오후에 대학생 여럿이 찾아왔다. 그 키 큰 남자는 알고 보니 작업 감독이었다. 그는 다 쌓아 놓은 벽에 시멘트를 바르면서 학생들에게 설명하기 시작했다. 틀림없이 지루한 얘기겠거니 생각하다가 문득 아까 남자애가 '따분한 일에서도 재미를 찾아낸다.'라고 했던 말이 떠올라 일부러 귀를 기울였다.

"이렇게 흙에서 얻은 자연 재료는 단열 효과가 굉장히 뛰어나요. 한여름의 더위나 한겨울의 추위가 집 안에 들어오는 걸 막아 주거든요. 냉난방 시간이 크게 줄어드니까 전기도 많이 절약되죠. 보통은 집에 진흙 벽돌을 쓰긴 어려우니까 대신 다른 단열 재료를 사용해요. 여러분이 혹시 단열을 중요하게 생각한다면……."

순간, 무언가 번쩍하고 뇌리를 스쳤다!

온실 효과, 전기세 인상, 반핵. 여기에 '주택 단열'까지 묶어서 생각하면 뜻이 통하기 시작하는 것 같았다. 따분할 줄 알았던 얘기 속에도 나름 건질 게 있긴 있었구나. 집에 돌아가면 주택 단열이 뭔지 자세히 알아봐야겠다.

연신 흥얼거리는 그 남자애를 바라봤다. 저 애한테 한 방 먹긴 했어도 신대륙이라도 발견한 것처럼 기쁜 마음이 컸다. 그런 생각을 하며 잠시 목을 축이려 끈끈이 종이 앞을 지나다가, 그 오른발만 들러붙어 있던 파리가 마침내 끈끈이를 탈출하는 순간을 목격했다. 파리는 공중에서 아름다운 곡선을 그리며 날아갔다.

그날 작업 시간이 끝날 무렵 우리도 벽돌을 다 만들었다. 내일도 오겠냐고 묻는 감독에게 어깨를 으쓱해 보이자 그도 웃으며 어깨를 으쓱했다. 나는 자전거를 타고 그곳을 나섰다. 사람들과 인사를 마친 그 남자애도 자전거에 올라 내 뒤를 따랐다.

우리가 카페 앞을 지날 때였다. 검은 고양이가 하얀 고양이와 또 인사를 나누더니 꼬리를 바짝 치켜든 채로 반핵 깃발 앞을 지나갔다. 때마침 바람이 불어와 깃발이 펄럭였다. 다시 길을 가는데 등 뒤에서 그 애의 노랫소리가 들려왔다. "싹둑싹둑, 볏짚을 썰다가, 손이 아프면 진흙을 밟자……."

내일 거기에 또 갈까 말까? 아직 잘 모르겠다.

집에 가면 우선 '단열에 관한 자료를 찾아 공부하기 놀이'부터 한 후에 생각해 보자. 자전거 페달을 계속 밟다 보니 바퀴가 돌아가는 소리에 맞춰 내 머릿속 영사기도 돌아가기 시작했다. 끈끈이의 속박에서 벗어나 훨훨 날아가던 파리가 떠올랐다. 파리의 비행을 따라 공중에 그려지던 아름다운 한 줄기 곡선도…….

철이 드는 것

아마오의 이야기

학교가 끝나자 서둘러 집으로 향했다. 현관문을 열자마자 동생이 문 뒤에서 튀어나와 "얏!" 하고 소리쳤다.

"야! 맨날 유치하게 이러지 좀 마! 어휴, 철 좀 들어라! 그리고, 내가 문을 확 열어젖히기라도 했으면 네가 다쳤을 거라고."

내 말소리에 짜증이 묻어났다. 동생은 조금도 아랑곳하지 않은 채 헤헤거리며 내 책가방을 잡아채서 바닥에 내려놨다.

"숙제는 다 했어?"

주방에 들어서며 내가 물었다.

"할 거야, 이제 할 거야!"

녀석이 잽싸게 달려가 자기 책가방을 집어 들더니 아무렇게나 탁자 위에 올려놓고는 공책을 꺼냈다. 이제 곧 초등학교 5학년이나 되는 녀석이 아직도 저렇게 철이 없어서 내가 늘 잔소리를 해야 했다. 나는 곧바로 저녁 준비를 시작했다.

아빠는 이런저런 부업을 뛰느라 집에 없는 시간이 많았다. 그럼 엄마는 어디 있냐고? 고단한 생활을 못 참고 몇 년 전 우리를 버리고 떠났다. 가끔 그런 생각이 든다. 여기가 자기 집이고, 아빠가 자기 남편이고, 우리가 자기 아이들인데 어떻게 그냥 도망가 버릴 수 있을까? 우리 반에도 집이 몹시 가난한 친구가 있다. 그 애 아빠는 심지어 도박 빚까지 잔뜩 졌지만 그렇다고 엄마가 도망가진 않았다. 아빠는 떠난 엄마를 두고 한숨을 쉬며 이렇게 말하곤 했다.

"엄마가 아직 젊어서 철이 없어서 그래."

엄마가 아주 젊은 나이에 아빠한테 시집와서 우리를 낳았다는 건 나도 안다. 하지만 자기가 철이 안 들어서 가족을 책임지기 싫다고 나에게 순식간에 철들어야 하는 부담을 떠넘기다니.

내가 어렸을 때였다. 한번은 핼러윈 데이에 아빠, 엄마와 함께 대형 마트에 장을 보러 간 적이 있다. 아이를 데리고 온 다른 집 가족들은 핼러윈 용품 진열대 앞에 빙 둘러서서 변장할 옷과 장식품을 고르고 있었다. 난 캡틴 아메리카 옷을 보자마자 마음에 쏙 들었지만 우리 집은 그걸 살 돈이 없었다. 다행인지 불행인지 옷이 큰 아이용으로 나와서 사이즈가 컸던 터라 나는 그저 얼른 자랐으면 좋겠다고 생각했다. 그때쯤이면 우리 집도 돈이 많아져서 틀림없이 저 옷을 살 수 있을 테니까. 하지만 지금 나는 전혀 자라고 싶지 않다. 그런데 우습게도 나 자신은 계속 어린 채로 머물고 싶으면서 막상 동생에게는 빨리 철 좀 들라고 늘 잔소리를 하고 있다. 동생이 좀 더 크면 아무래도 나한테 덜 기댈 테고, 그래야 내가 싫어도 해야 하는 일들에서 벗어날 수 있기 때문이다. 이를테면, 지난번에 동생이 비쩍

마른 길고양이를 데려와 우리가 '따뜻한 집'이 되어 주자고 했을 때처럼 말이다. 나는 춥고 깜깜한 밤중에 고양이를 안고 밖으로 나갔다. 눈물이 그렁그렁 차오른 눈을 질끈 감으며 녀석을 길거리에다 도로 버리고 돌아온 후 아주 오랫동안 마음이 안 좋았던 기억이 있다.

저녁 메뉴는 간단했다. 고기 양념 통조림을 넣고 비빈 국수와 달걀 볶음이 금세 준비됐고 우리는 게 눈 감추듯 먹어 치웠다. 설거지를 마친 뒤, 동생의 숙제를 훑어보며 녀석을 재촉했다.

"가서 샤워해. 난 그사이 청소하고 빨래할 테니까. 끝나면 같이 우유 사러 가자. 아빠가 돈 주고 갔어."

"야호!"

동생이 환호성을 지르며 욕실로 들어갔다. 녀석이 우유를 좋아하는 걸 알지만 생활비가 빠듯할 때는 살 도리가 없었다. 욕실에 들어간 녀석이 금세 도로 튀어나와 혀를 차며 말했다.

"옷을 두고 갔어."

어휴! 아직 어린애라니까! 녀석은 오 분도 안 돼서 샤워를 마치고 나오더니 내 손에 든 걸레를 낚아챘다.

"내가 도와줄게. 형도 얼른 씻어. 그다음에 빨래하고, 그다음에 바로 우유 사러 가면 되니까. 앗, 빨래 너는 걸 빼 먹었네."

빼앗아 간 걸레로 녀석이 바닥을 닦기 시작했다. 나는 녀석을 바라보며 절레절레 고개를 흔들고는 욕실에 들어가 샤워를 했다. 그런데 샤워를 마치고 나와서 보니 걸레질은 무슨! 녀석은 걸레가 마치

붓이라도 되는 양 마룻바닥에 이상한 그림을 휘갈겨 놓고는 헤죽거리며 감상하고 있었다.

하는 수 없이 녀석을 그대로 둔 채 빨랫감을 찾아 세탁기에 던져 넣었다. 세탁기가 도는 동안 나는 숙제를 했고 동생은 못 쓰는 종이에 그림을 그렸다. 이미 양면에 글자가 빽빽이 쓰인 종이인데 거기에다 또 덧칠하고 있는 녀석의 모습에 마음이 짠했다. 세탁이 끝나자 녀석이 빨래 너는 걸 돕겠다고 창가 쪽 옷걸이 앞으로 뛰어가 기다리고 섰다. 베란다가 없는 우리 집에선 남들이 버린 옷걸이를 주워다가 빨래 건조대로 쓰고 있었다. 동생은 빨래를 널면서도 내게 장난을 쳤다. 널어놓은 빨래 뒤에 숨었다가 갑자기 머리를 들이밀더니 씩 웃으며 외쳤다.

"나 여깄지!"

정말 철없는 녀석이다. 어찌나 어린애 같은지. 녀석의 천진난만한 얼굴을 보면서 한편으론 그런 생각이 들었다. 저렇게 계속 철이 안 들 수 있다면 그것도 나쁘지 않겠다고. 빨래를 다 널자 신나서 날 잡아끄는 녀석에게 이끌려 우유를 사러 갈 채비를 했다.

"야, 잠깐만, 돈 갖고 가야지. 비닐봉지도 챙겨야 해. 안 가져가면 그것도 돈 주고 사야 한다고."

내가 말했다.

잠깐의 소동 후 드디어 집을 나섰다. 날씨가 제법 추웠다. 나는 손바닥으로 동생의 손을 감싸 쥐듯 꼭 잡았다. 슈퍼마켓 앞 사거리에 다다랐을 때 사찰의 법회 행렬에 맞닥뜨렸다. 행렬이 거리를 가득

메우고 있었다.

"못 가는 거야?"

동생이 물었다.

"공원 쪽으로 돌아서 가자."

공원은 늘 참배객이 많은 사당 근처에 있는데 그쪽으로 돌아가도 슈퍼마켓에 갈 수 있었다.

동생의 손을 잡고 공원에 도착했을 때, 우연히 같은 반 친구를 만나서 잠시 멈춰 선 채로 몇 마디 얘기를 나눴다. 얘기가 끝나고 돌아섰는데 동생이 노숙자들 틈에서 빵을 나눠 주고 있는 게 보였다. 난 깜짝 놀란 나머지 무섭다고 생각할 겨를도 없이 그대로 돌진해 동생을 붙들고 뛰었다.

"빵 나눠 주고 있었어. 아직 다 못 줬는데."

동생은 따라오지 않으려 했다.

"네가 빵이 어디서 나서? 누가 너더러 빵을 나눠 주래? 저 사람들 노숙자라고. 넌 겁도 안 나?"

내가 목소리를 낮춰 녀석을 다그쳤다.

그때였다. 한 젊은 아저씨가 다가오더니 웃으며 말을 걸었다.

"얘가 날 돕고 싶대서, 그럼 빵을 좀 나눠 주라고 내가 부탁했어."

아저씨는 저쪽에 있는 이동 가판대를 가리켰다.

"난 늘 여기 와서 노숙자들한테 팥죽을 나눠 주거든. 오늘은 마침 친구가 유통 기한이 다 된 빵을 좀 가져다줬어. 노숙자들이 간식으로 먹게 전해 달라면서. 그래서 내가 네 동생한테 부탁한 거야. 네 동생 맞지?"

내가 고개를 끄덕였다.

"사실 저들도 다 사연이 있어서 어쩔 수 없이 노숙자가 된 거거든. 따끈한 팥죽 한 그릇을 먹을 수 있다는 것만으로도 다들 저렇게 기뻐해."

아저씨의 시선을 따라 그들을 바라봤다. 어떤 사람은 이미 그릇을 싹 비워 바닥에 내려놓았고, 또 어떤 사람은 그릇째 들고 후루룩거리며 먹고 있었다. 한 숟갈 한 숟갈 아까워하며 천천히 음미하는 듯한 사람도 보였다. 가로등 불빛 아래에 비친 그들의 표정은 몹시 흡족해 보였다. 내가 상상한 것처럼 사납거나 험악한 모습과는 거리가 멀었다.

"팥죽이 좀 남았는데, 너희에게 대접할게."

아저씨가 말했다. 난 손사래를 치며 대답했다.

"아니에요. 괜찮아요."

하지만 동생은 곧바로 아저씨 앞으로 폴짝거리며 뛰어가더니 잔뜩 기대하는 눈빛으로 아저씨를 바라보고 섰다.

"오늘 도와준 것에 대한 답례로 받아 줘."

아저씨가 뒤돌아서 가판대로 향하자 동생이 나를 끌고 그쪽으로 갔다.

날씨는 쌀쌀했지만 팥죽은 정말 따뜻했다. 팥 외에도 몽글하게 삶은 고구마가 들어 있어서 굉장히 맛있었다.

"맛있니?"

아저씨가 물었다. 동생이 맹렬히 고개를 끄덕였다.

"날씨가 더울 때는 팥빙수를 만든단다. 노숙자들이 더위를 좀 식힐 수 있게."

"그냥 다 공짜로 줘요? 돈 안 받고요?"

난 아무래도 묻지 않을 수 없었다. 노숙자들한테는 사람들이 버리는 물건이나 값싼 것들만 나눠 주는 줄 알았다. 그런데 이렇게나 맛있는 음식을, 식당에 가야 먹을 만한 요리를 공짜로 주다니. 아저씨가 웃으며 대답했다.

"응! 난 작은 가게를 운영하고 있어. 돈 벌면 좋은 일도 해야지. 전에는 직접 개조한 삼륜차를 끌고 전국을 돌면서 양로원 어르신들에게 팥죽을 나눠 드린 적도 있어. 유아원이나 시골의 초등학교 아이들에게도 나눠 줬고. 주변에선 다들 나더러 철이 없다고 나무랐지. 부모님도 마찬가지고. 세상 물정을 모른다고 말이야. 하지만 철이 들었기 때문에 스스로 옳고 중요하다고 여기는 일을 할 수 있는 게 아닐까?"

아! 철이 든다는 게 그런 걸까?

우리는 아저씨와 헤어진 후 슈퍼마켓에서 우유를 사서 집에 돌아왔다. 아까 마주친 친구가 내 노트 필기를 복사하게 빌려 달라고 부탁했던 터라, 나는 공책을 들고 친구를 만나러 다시 나갔다. 동생에게는 집에 얌전히 있으라고 일렀다. 잠시 후 집에 돌아왔을 때 동생이 나를 보고 유난히 천진한 미소를 지어 보였다.

"너 무슨 사고 쳤어?"

내가 미간을 찌푸리며 동생을 응시했다. 녀석이 저런 미소를 짓는다는 건 나한테 혼날 만한 짓을 했다는 뜻이다. 동생이 헤죽헤죽 웃으며 냉장고로 달려가 우유를 꺼내 왔다. 우유가 이미 4분의 1 정도밖에 안 남은 상태였다.

내가 눈을 동그랗게 뜨고 따졌다.

"한꺼번에 그렇게 많이 마시면 배탈 난다고."

"그게 아니야. 내가 우유를 데워다가 옆 골목에 있는 강아지한테 줬어."

"가스레인지를 썼어? 넌 아직 어리니까 함부로 가스 불 켜지 말랬잖아. 그리고 강아지는 또 뭐야? 왜 우유를 강아지한테 갖다줘?"

동생이 입을 삐죽이 내밀었다.

"형이 나더러 어른스럽게 행동하라고 해서 그렇게 했어. 이제 다 컸으니까 가스레인지도 쓴 거고. 길에 사는 어미 개가 새끼를 여러 마리 낳았거든. 강아지들이 배고파서 계속 울길래 내가 우유를 가져다 먹였어. 나 이제 어린애 아니니까 집으로는 안 데려오고 그냥 우유만 갖다줬어."

동생이 그렇게까지 말하니 나도 뭐라고 더 나무라야 할지 떠오르지 않았다. 까짓것, 내가 우유를 안 마시면 되지 뭐. 어차피 되도록 녀석에게 주려고 난 조금밖에 안 먹으니까.

"알았으니까, 얼른 가서 우유 마셔."

내가 말했다.

"응."

동생이 신나서 대답했다.

돌아서서 책가방을 정리하고 있는데 동생이 우유 두 잔을 들고 왔다. 우유가 아주 따끈했다. 녀석이 방긋 웃으며 내게 말했다.

"우리 절반씩 나눠 마시자. 봐, 나 다 컸지?"

난 웃음이 터졌다. 그러면서도 문득 울고 싶었다.

씁쓸하게 멘 목구멍으로 향긋하고 따뜻한 우유가 미끄러져 내려갔다. 아! 철이 들어야 할까, 그래야 하는 걸까…….

삶이란

리얼의 이야기

우리 엄마는 늘 뭔가 특별한 일을 잘 벌인다. 이번 연휴에도 그랬다. 엄마는 친구의 부탁을 받고 다큐멘터리 영상을 찍으러 나를 데리고 이탈리아에 갔다.

그 친구는 한 무리의 사람들과 오래된 성에 산다고 했다. 오래된 성이라니, 말만 들어도 너무나 가고 싶었다. 성의 주인이 따로 있긴 한데 거기 안 살고 그들에게 빌려줬다나. 게다가 그들은 세계 각지에서 온 사람들로 원래는 서로 전혀 모르는 사이지만 거기서 함께 지낸다고 했다.

너무 이상하지 않나?

각자 전공을 살려 취직해서 착실히 돈을 모으는 게 아니라, 그저 색다른 삶을 살고자 거기 모여 공동체 생활에 필요한 일손을 제공하며 지낸다니. 말하자면, 요리를 할 줄 알거나 좋아하는 사람은 주방장 역할을 맡아 모두의 식사를 책임지는 식이었다. 또 동물을 좋아하거나 잘 키우는 사람은 닭을 길러 달걀을 얻고, 벌을 쳐서 벌꿀을 만들어 식재료를 생산하고, 수공예를 잘하는 사람은 수업을 열어서 번 돈으로 대가족의 생활비에 보태고…….

정말 특이한 것 같다!

우리의 경우엔 엄마가 '다큐멘터리 영상을 찍는 대신 숙식을 제공받기로' 하고 나를 데리고 온 거다.

오래된 성은 어찌나 사람을 흥분시키던지. 특히 지하실로 내려가는 비좁은 나선형 계단이 마음에 쏙 들었다. 옛날 공주들은 치렁치렁한 드레스를 입은 채 어떻게 벌러덩 넘어지지 않고 계단을 오르내렸을까 궁금했다. 조심조심 내려가 지하실에 다다르면 땅속의 한기가 점점 강해지면서 매번 온몸에 소름이 돋았다.

게다가 성 안은 대체로 어두컴컴했다. 어디가 어딘지 도통 알 수 없는 채로 걷다가 방향을 틀면 웬 복도가 튀어나오곤 해서, 지내는 내내 간담이 서늘하면서도 흥분되는 스릴감을 종종 맛봤다.

더 신기한 것은 이곳의 생활 방식이었다. 나는 텃밭에 나가 신선한 과일과 채소 따는 일을 도왔다. 주변 농가에서 보내온 식재료를 정리하는 데도 손을 보탰다. 또 미남 요리사 리오가 음식 준비를 마치길 기다렸다가 얼른 나서서 종을 치며 사람들에게 식사 시간을 알리기도 했다. 피부색도 다르고 머리카락 색깔도 제각각인 '대가족'이 샐러드와 피자, 라자냐, 디저트로 가득 찬 식탁에 다 함께 둘러앉아 뷔페식으로 자연의 맛을 즐길 때면 느낌이 정말 색달랐다.

성이 오래된 만큼 손볼 데가 많아서 사람들과 함께 돌을 나르며 담장 보수를 돕기도 했다. 내가 손수 거들어서 완성된 담장을 보고 있자면 다른 담장과는 사뭇 달라 보였다.

벌을 치는 조앤을 도와 벌통을 건물 안으로 옮긴 적도 있다. 벌이 겨울을 날 수 있도록 적당한 온도와 채광을 만들어 주기 위해서였다. 달콤한 벌꿀을 생산하는 데 작게나마 힘을 보탰다고 생각하니 뿌듯했다.

요 며칠은 다 함께 근처 농가에 가서 올리브를 수확하느라 바빴다. 올리브밭에는 팔백 년에서 천 년이 넘은 고목부터 오 년밖에 안 된 어린나무까지 있었다. 늙은 나무는 조금 땅딸막하긴 해도 서로 뒤엉켜 자란 줄기가 어찌나 굵고 튼실한지, 나도 모르게 조앤을 따라 두 팔로 나무줄기를 안았다. 그런 채로 나무의 '결'과 '온도'를 직접 살갗으로 느껴 보기도 했다.

올리브를 딸 때는 일단 나무 아래에 커다란 그물을 깐다. 그다음 낮은 나무는 선 채로, 높은 나무는 사다리를 놓고 올라가서 장갑을 낀 손으로 나뭇가지와 잎사귀를 움켜쥐고 훑는다. 그럼 그사이에 매달린 열매가 우수수 떨어져 그물에 모이는 거다. 난 두 가지 다 해 봤는데 아주 신기했다.

성에 온 뒤로 모든 일이 너무나 즐거웠다.

오전 내내 올리브를 따다가 점심때가 되자 다들 밭에서 식사 준비를 했다. 나도 나서서 거들었다. 리오가 만든 샌드위치 속을 빵 사이에 발라 넣어 로이에게 주고, 안드레에게 주고, 지오바나에게 주고……. 내 영어 실력이 별로라서 손짓 발짓을 동원할 때도 많고 엄마에게 통역해 달라고 부탁할 때도 있지만 며칠간 함께 지내고 나니 모두와 제법 친해졌다. 야니는 올리브 절임을 좋아하니까 샌드위치에 올리브를 하나 더 넣어 줬다. 양파를 싫어하는 안드레의 샌드위치에는 양파를 뺐다. 시몬은 토마토를 즐겨 먹으니까 특별히 토마토 슬라이스를 두 개 넣었다.

내가 샌드위치를 다 만들자 다들 식사에 앞서 나를 안아 주며 감사의 인사를 했다.

맨 마지막으로 일을 마친 엄마를 위해서도 푸짐한 샌드위치를 만들어 건넸다.

그렇게 한창 맛있게 점심을 먹다가 문득 내가 얼마 전까지만 해도 정체기였던 게 떠올랐다. 나는 '삶이란 대체 무엇을 위한 걸까? 도대체 왜 사는 거지?' 하는 고민에 빠져 있었다.

그때 나는 대부분의 친구들과 마찬가지로 날마다 이어폰을 끼고 휴대폰을 들여다보며 지하철이나 버스를 타고 학교에 갔다. 학교가 끝나면 다시 이어폰을 끼고 휴대폰을 들여다보며 지하철이나 버스를 타고 학원에 갔고, 학원이 끝나면 역시 이어폰을 끼고 휴대폰을 들여다보며 지하철이나 버스를 타고 집으로 향했다. 내 주변 사람들도 대부분 이어폰을 끼고 휴대폰을 들여다보고 있었다.

원래는 지금껏 잘 지냈었다. 그런데 규칙적으로 돌아가는 일상이 왠지 기계적이라는 생각이 불쑥 들더니 '삶이란 대체 무엇을 위한 걸까? 도대체 왜 사는 거지?' 하는 의문이 생겨났다. 답을 찾고 싶어도 도무지 찾을 수가 없어서 답답했다. 엄마가 내 고민을 알아채고 말했다.

"그 질문의 답은 사람마다 달라서 엄마도 알려 줄 수가 없어. 네가 스스로 찾아야 해."

얼른 고민에서 벗어나려고 안간힘을 써 봐도 전혀 진전이 없자 내가 마치 녹슨 기계 같았다. 녹슬어서 돌아가지도 않고 심지어 움직일 의지도 없는 기계 말이다.

그런데 성에 와서 공동체 생활을 하면서는 하루하루가 '슝슝슝' 잘만 돌아갔다!

샌드위치를 한 입 베어 물자 부드러운 토마토 과육의 새콤함과 아삭한 양상추의 시원한 달콤함이 혀끝에서 터졌다.

엄마한테 이렇게 묻지 않을 수 없었다.

"정말 이상해. 여기 오고 나서는 '도대체 뭘 위해 살아야 하나'를 단 한 번도 떠올린 적이 없어. 가슴이 답답하지도 않고. 왜 그럴까?"

엄마가 미소를 지으며 대답했다.

"네가 이미 살아 있다라고 느끼기 때문이지."

그러면서 내게 눈을 찡긋해 보였다.

스스로가 살아 있다고 느껴서? 음? 그런 걸까? 정말로 엄마 말이 맞을까?

샌드위치를 다시 한 입 베어 먹었다. 이번엔 채소와 어우러진 햄의 풍미가 강하게 느껴졌다. 리오가 직접 만든 햄을 내가 얇게 저민 거였다. 이 안에, '살아 있는' 느낌이 들어 있나?

고개를 들어 저쪽에 한가득 수확해 놓은 올리브 열매를 바라봤다. 저기에, '살아 있는' 느낌이 담겼나? 사람들 얼굴을 하나하나 둘러봤다. 리오, 조앤, 로이, 지오바나, 안드레, 엄마……. 모두 웃고 있었다. 저 환한 웃음에서 내가 살아 있다는 느낌을 받은 걸까?

나는 찬찬히 관찰하며 미세한 느낌까지 놓치지 않으려 애썼다.

멈추지 않고 계속해서, 하나씩 하나씩…….

내 별명은 아카펠라

아카펠라의 이야기

그날 오후, 나는 길을 걸으며 입으로는 드럼 소리를 흉내 냈다. 소리에 영 힘이 없는 게 내가 들어도 아주 형편없었다!

지난주에 방송된 한 텔레비전 프로그램에 혼자서 드럼과 나팔, 얼후(두 개의 현을 가진 중국의 찰현 악기—옮긴이) 등 십여 가지의 악기 소리를 내며 시까지 읊는 남자가 나왔다. 영락없이 악단이 따로 반주를 해 주는 것만 같아서 무척 신기했다. 그 모습에 홀딱 반해서 따라 해 보고 싶었던 나는 인터넷을 뒤진 끝에 비트박스라는 기술을 알려 주는 영상을 찾아냈다. 그 영상을 보며 배우기 시작했는데 도무지 제대로 되지가 않았다.

내 이름은 '아카'다. 이상하게도 나는 늘 되는 일이 없었다. 내가 낭패스러운 상황에 빠질 때마다 친구들이 농담 반 진담 반으로 나더러 '아카펠라'(중국어로 '비참한 아카'라는 의미—옮긴이)라고 놀려 댔다. 그러다가 그게 아예 별명으로 굳어졌다. 명색이 '아카펠라'인데 새로운 무언가를 터득하는 일 역시 순조로울 리가 없었다.

계속해서 비트박스를 연습하며 걷는데 저 앞에 한 할아버지가 보였다. 늘 똑같은 자리, 그러니까 계단 옆 대문 앞에 놓인 작은 의자에 앉은 채로 말이다. 매일 같은 시간에 이 골목을 지날 때면 저 할아버지가 거기 앉아서 목에 매단 라디오 수신기로 방송을 들었다. 무슨 약을 판매하는 프로그램이 흘러나오는 중이었는데 너무 시끄러워서 귀에 거슬렸다.

문득 드럼 소리를 아주 크게 내서 저 라디오 소리와 한번 대결해 보자는 생각이 들었다. 거리가 어느 정도 가까워지자 나는 한껏 힘을 실어 '부! 부! 부!' 하고 소리를 냈다. 얼핏 방귀 뀌는 소리와 비슷하게 들릴지 모르겠지만 그래도 시끄러운 약장수 방송과 승부를 겨룰 만큼은 돼서 꽤 짜릿했다. 설마 약장수 방송이 정말로 내 '방귀 소리'에 놀란 걸까? 내가 할아버지의 바로 앞을 지날 즈음엔 방송이 잠잠해지기까지 했다. 할아버지도 귀를 쫑긋 세우고 '방귀 소리'를 유심히 들었다.

'아카펠라'가 이번엔 어쩐 일로 낭패를 당하긴커녕 대결에서 이기다니. 내가 한창 뿌듯해하고 있는데 할아버지가 씩 웃는 게 아닌가. 영감탱이, 웃긴 왜 웃어.

짜증이 버럭 올라오던 그 순간 할아버지가 드럼 소리를 따라 했다. 그것도 진짜 드럼처럼 굉장히 그럴싸하게. 우아! 엄청난 고수인 저 할아버지한테 비법이 뭔지 배워야겠다는 생각이 스쳤다. 그렇게만 된다면, 말로는 쉽고 확실하게 가르쳐 준다면서 아무리 봐도 알쏭달쏭하기만 한 영상을 찾아 헤매느라 인터넷을 뒤질 필요도 없다.

그런 생각을 하며 할아버지에게 다가가 쪼그리고 앉으려 하자마자 주머니에서 무언가가 엉덩이를 콕 찔렀다. 칫, 괜히 '아카펠라'겠어, 어쩐지 한동안 잠잠하다 싶었는데 그새를 못 참고 또 일이 꼬이네.

내 엉덩이를 찌른 건 뾰족하게 깎아 놓은 연필이었다. 여동생 짓이 틀림없었다. 날 골려 주려고 말이다. 순간 열이 치받아서 연필을 확 내버리려고 했는데 하필 쓰레기통이 안 보였다.

할아버지를 바라보며 마음을 가다듬은 후 입을 열었다.

"할아버지, 드럼 소리 낼 줄 아세요?"

"당연하지 않냐?"

할아버지는 몹시 거들먹거리는 말투로 대답하더니 다른 악기 소리에다 동물 소리까지 연달아 흉내 냈다. 악기 소리가 어찌나 다양한지 당장 악단을 차려도 손색이 없을 정도였고, 동물 소리는 또 어찌나 다채로운지 아예 동물원을 열어도 될 정도였다. 이 영감탱이, 거들먹거릴 만하다.

"할아버지, 저한테 좀 가르쳐 줄래요?"

어차피 딱히 할 일도 없어 보이는데 누가 자기한테 뭔가 가르쳐 달라고 하면 분명 좋아하겠지?

"좋아."

할아버지가 시원스레 대답했다. 하하하, 내 짐작이 맞았다.

그런데 할아버지가 얼른 고개를 치켜들며 말했다.

"배우려면, 대신 뭔가 물건을 가져와."

"네?"

난 순간 얼이 빠졌다.

할아버지가 라디오를 툭툭 쳤다.

"건전지가 떨어졌어. 건전지 가져오면 가르쳐 주지."

뭐라고? 아까 건전지가 다 돼서 꺼진 거면 내 방귀 소리가 이긴 게 아니었구나. 그나저나, 쩨쩨한 영감탱이, 배우고 싶으면 물건을 가져오라니. 말동무도 없이 혼자 앉아 있는 게 안돼 보여서 내가 좋은 마음으로 말 걸어 준 거라고.

그때였다. 지금껏 거기 있는지도 잘 몰랐던 이상한 가게가 눈에 띄었다. 환환상점이라나. 저곳에 건전지가 있을까? 있다면 뭘 갖다 주고 바꿔 오지? 나는 딱히 다른 볼일도 없던 데다 비트박스가 너무나 배우고 싶었기 때문에 일단 가게 안으로 뛰어 들어갔다.

확실히 이상한 가게이긴 했다. 아무거나 가져오면 원하는 물건으로 가져가도 된다니. 놀랍게도 내게 가장 필요한, 그것도 포장을 뜯지도 않은 새 건전지가 그곳에 있었다. 정말 뭐든지 바꿔 갈 수 있을지 아무래도 믿어지지 않았지만 도전하는 심정으로 얄미운 여동생의 그 몽당연필을 가게 주인에게 내밀었다. 그런데 진짜로 받아 줄 줄이야! 주인은 환하게 웃는 얼굴로 건전지를 내게 건넸다.

나는 신나서 할아버지에게 돌아가 라디오 건전지를 갈아 끼웠다. 새 생명이라도 얻은 것처럼 약 판매 방송이 다시 시끄럽게 흘러나왔다. 할아버지는 굉장히 흡족해하며 드럼 소리를 어떻게 진짜처럼 흉내 내는지 알려 주기 시작했다.

정말 대단했다! 내가 파악하지 못한 비결을 할아버지는 벌써 꿰뚫고 있었다. 그러니까 입술을 오므릴 때 입속 공기에 압력이 생기게끔 하면 안 되는 거였다. 그 부분이 해결되고 나니까 헤헤, 드럼 소리가 제법 그럴싸해졌다.

그런데 할아버지가 어찌나 치사한지 딱 거기까지만 가르쳐 줬다. 내가 더 알려 달라고 부탁하자 할아버지가 단호하게 말했다.

"배우고 싶으면, 뭔가를 더 가져오던가."

좋아요, 좋아. 어차피 환환상점이 있으니까 겁날 거 없다고요.

"그러면, 또 뭐가 필요하신데요?"

내가 물었다.

"내가 필요할 만한 걸로 알아서 가져와."

할아버지는 마치 회장님 같은 모양새로 말했다.

알아서 가져오라니. 뭐가 필요한지 내가 어떻게 알아? 하지만 다시 생각해 보면 그것도 나쁘지 않을 것 같았다. 할아버지가 정한 물건이 환환상점에 없기라도 하면 귀찮아지는 건 나니까. 정해진 게 없으면 그냥 가게에 있는 물건 가운데 고를 수 있다. 아무거나 못 쓰는 쓰레기를 가져다가 바꾸면 되니까 한결 수월할 테고 말이다.

그 후 나는 어디에다 처박아 놨는지도 잊고 있던 빈 공책을 가져다가 부채로 바꿔서 할아버지에게 갖다 줬다. 목공 수업 시간에 만들다 망친 난쟁이 의자는 할아버지의 밀짚모자로 바꿔 왔다. 목이 늘어난 티셔츠는 보온병으로 바꿔서 할아버지에게 드렸다. 할아버지는 아무런 불평 없이 선물을 받고는 약속대로 악기 소리를 조금씩 가르쳐 줬다. 할아버지가 성격이 좀 괴팍해서 그렇지 실력은 정말 굉장했다. 뭐 어때, 난 내 목적만 이루면 그만이지.

그나저나 내 별명이 괜히 아카펠라가 아닌데, 일이 너무 착착 풀리는 게 아무래도 어색해서였을까? 환환상점에서 열심히 물건을 바꿔 가던 나는 결국 불안해지기 시작했다. 내가 온갖 쓰레기를 가져다가 멀쩡한 물건으로 바꾸는데도 주인이 어째서 가만있는지 궁금하다 못해 짜증이 나기 시작했다. 그러던 어느 날, 나는 엄마가 버리려던 요리책을 들고 가게에 갔다. 그걸 지팡이로도 쓸 수 있는 검은 우산으로 바꾸면서 가게 주인에게 대뜸 물었다.

"왜죠? 어째서 물건을 계속 바꿔 가게 내버려 두는 거예요?"

깜짝 놀란 주인이 억울한 표정으로 나를 바라봤다.

나는 목소리를 높였다.

"쓰레기예요! 내가 지금껏 가져온 건 다 쓰레기였다고요! 왜 받아주는 거죠? 그런 쓰레기들을 어째서요? 아무도 가지려 하지 않을 텐데요."

아무리 생각해도 가게 주인이 일부러 나를 이기적인 파렴치한으로 만드는 게 틀림없었다.

가게 주인은 내 말을 듣더니 돌연 미소를 지었다. 그러고는 침착하게 대답했다.

"원래 우리 가게는 나한테 쓸모없어진 쓰레기를 가져다가 내가 필요한 보물로 바꾸는 곳이란다. 그러니까 너한테는 쓰레기지만 누군가는 그걸 '보물'로 여기고 가져갈 수도 있지."

그는 얘기하는 동안 컴퓨터에서 뭔가를 찾고 있는 듯했다. 그러더니 말을 이었다.

"네 연필과 공책은 어떤 형제가 가져갔어. 동생이 그걸로 그림을 그리다가 공책을 다 쓰면 찢어서 종이접기를 할 거랬지. 네가 가져온 난쟁이 의자는 한 여학생이 가져갔단다. 목공을 좋아하게 됐다는 친구였어. 의자를 분해해서 멋진 목공예품으로 만든 다음 누군가한테 선물할 거래. 그리고 네 티셔츠는 큰 남학생이 가져갔다. 낡은 옷을 모아서 슬리퍼로 만들려고 한다면서……."

"그렇게나 많이 바꿔 갔다고요?"

나는 깜짝 놀랐다. 내가 보기엔 전부 못 쓰는 물건들이라 아무도 안 가져갈 줄 알았다. 매번 무엇으로 바꿀지 고를 때마다 내가 가져갔던 물건들이 진열되어 있을 만한 쪽으로는 일부러 얼씬도 안 했다. 그 물건들이 아직 남아 있는지 어쩐지 안 보려고 말이다.

"그렇다니까. 게다가 손님들이 딱 원하던 것들이었지."

주인이 밝게 웃으며 말했다.

나는 순간 부끄러웠다. 괜히 혼자 잔뜩 긴장해서는 가게 주인한테 화를 내다니. 그는 얼굴 가득 미소를 잃지 않으며 얘기했다.

"너도 계속해서 남의 쓰레기를 가져다가 너만의 보물로 만들렴."

나도 모르게 웃음이 터졌다. 부끄러움도 금세 사라졌다. 문득 생각해 보니, 내가 바꿔 간 건 모두 내 보물이 아니라 할아버지의 보물이었다. 그런데 막상 할아버지도 보물이라고 여겼을까? 사실 내 목적은 오로지 '비트박스 수업료'를 내는 것일 뿐, 할아버지가 뭘 좋아할지에는 관심이 전혀 없었다. 다행히 지금껏 할아버지도 꽤 흡족해하는 듯했고 수업을 거절한 적도 없었다.

내심 꺼림칙했던 게 풀리자, 가게에서 바꾼 우산을 들고 평소 할아버지가 있던 그 자리로 천천히 걸음을 옮겼다. 그런데 그날은 이상하게도 할아버지가 안 보였다. 좀 늦게 나오려나 싶어서 기다렸지만 한참이 지나도 할아버지는 오지 않았다. 나는 하는 수 없이 우산을 들고 그대로 집으로 돌아왔다.

다음 날도, 또 다음 날도 할아버지는 나타나지 않았다. 무슨 일이 난 건 아닌지 오만 가지 상상이 내 머릿속을 맴돌았다. 한편으론 그런 나 자신이 이상했다. 그 할아버지가 대체 뭐라고 내가 이렇게나 신경을 쓰지?

나흘이 가고 닷새가 지나면서 걱정도 점점 커졌다. 그렇게 이 주가 훌쩍 지난 어느 날이었다. 원래는 그동안 아무리 기다려도 할아버지가 안 보여서 이제 다시는 못 만날 줄 알았다. 그런데 어떤 아저씨가 계단 옆 대문을 열고 나왔다. 손에 들린 종이 가방에서 삐져나온 옷가지를 보니 할아버지가 자주 입던 색깔이었다.

순간 심장이 쿵쾅댔다. 종이 가방을 가리키며 대뜸 그 아저씨에게 물었다.

"그거……?"

아저씨가 걸음을 멈추더니 의아한 듯 날 쳐다봤다.

"저기……, 실은……. 얼마 전까지 할아버지 한 분이 늘 문 앞에 앉아 계셨거든요. 그분에게…… 그러니까……. 지팡이로도 쓸 수 있는 이 우산을 드리려고요."

나는 손에 들고 있던 우산을 내밀었다.

"아! 아버지가 말한 친구가 바로 너구나?"

친구라고?

"안 그래도 아버지가 부탁했거든. 나더러 혹시 널 만나면……."

"무슨 일이 생긴 건 아니죠?"

내가 다급하게 물었다.

"아, 입원하셨어."

심장이 목젖까지 튀어 올라오는 줄 알았다.

"원래 허리 통증이 심하셨거든. 병원에 가 보자고 말씀드려도 그냥 좀 쉬면 나아질 거라고 버티셨지. 그러다 도저히 못 참을 정도가 되어서 진료를 받았는데 척추 연골이 닳아서 문제를 일으킨 거였더라고. 수술만 하면 괜찮을 거래서 입원하신 거야."

"그래서 좀 어떠세요?"

"어제 막 수술했고, 잘 회복 중이셔. 네가 기다릴까 봐 걱정하시더라. 나더러 널 만나면 얘기 좀 전해 주라고 하셨어. 아버진 병원에 갈 때마다 밀짚모자랑 부채를 꼭 챙기셨거든. 친구가 선물한 거라며, 밀짚모자를 쓰고 부채를 부치면 그렇게 시원할 수가 없다고 말이야. 너한테 정말 고맙다. 우리가 다들 정신없이 바빠서 아버지를 들여다볼 여유가 없었는데 다행히 네가 곁에 있어 줘서……."

내 심장이 다시 제 위치로 돌아왔다. 그러면서 문득 이런 생각이 들었다. 할아버지가 내게 진짜로 원한 건 이런저런 물건들이 아니었던 거다.

나중에 할아버지가 퇴원한 후, 우리는 비트박스 수업뿐만 아니라 함께 산책도 했다. 할아버지는 머리에 밀짚모자를 쓰고 손에는 지팡이 겸 우산을 들었다. 스승과 제자가 나란히 걸으며 입으론 연신 여러 악기 소리를 냈다. 왁자지껄하게 음악 공연을 벌이는 악단처럼 말이다.

시간이 더 지난 어느 날, 학교 한쪽에서 혼자 비트박스를 연습하다가 마침 아카펠라(a cappella, 무반주 합창–옮긴이)를 연습 중이던 선배 두 명을 만났다. 별명이 아카펠라인 내가 아카펠라를 만난 건 아무래도 운명이었을까? 나는 그 선배들과 함께 아카펠라 그룹을 만들었다.

그 후로 한참 뒤, 우리의 연주 실력이 제법 그럴싸해지자 할아버지에게 찾아가 자그마한 공연을 선보였다. 그날 분위기가 화기애애해서였는지 할아버지가 굉장히 좋아했다. 어쩌면 내가 자신의 자랑스러운 문하생인 셈이라서 더 기뻐했는지도 모르겠다. 뛰어난 기술을 나한테 전수해 준 사람이 바로 할아버지니까.

그날 우리 아카펠라 그룹이 공연하는 소리에 환환상점 손님 여럿도 멈춰 서서 감상했다. 그중엔 한 형제도 있었다. 특히 동생이 아주 귀여웠다. 그 아이는 공연을 듣다 말고 갑자기 가게 안으로 뛰어 들어가 빗자루를 들고나왔다. 그걸로 악기를 연주하는 흉내를 내더니 이내 바닥에 내려놓고는 팔짝팔짝 춤을 췄다. 형은 숫기가 없어 보였지만 그래도 아주 환하게 웃고 있었다. 우리 공연이 마음에 들어서

인지 동생이 즐거워하는 모습에 웃음이 번진 건지는 알 수 없었다.

노래를 흥얼거리며 자전거를 타고 온 남학생도 있었다. 눈을 반짝이며 우리 공연을 지켜보면서 연주에 맞춰 노래를 따라 불렀다.

잠시 후 자전거 탄 여학생도 한 명 왔다. 조금 떨어진 곳에 서서 뭔가를 관찰하는 듯한 눈으로 우리를 보는 모습이 꽤 멋졌다. 자전거 탄 남학생이 그 여학생을 발견하고는 무척 반가워하며 다가가 인사를 건넸다.

때마침 같은 반 친구가 무심코 지나가다 나를 봤다. 녀석은 깜짝 놀라 손가락으로 날 가리키며 어리둥절한 표정을 지었다. 공연이 끝날 때까지 자리를 지킨 그 녀석이 내 어깨를 힘껏 내리치며 말했다.

"야! 아카펠라, 너 되게 멋지다."

그때 나는 내 별명을 비참하다는 뜻인 원래의 '아카펠라'에서 음악의 '아카펠라'로 바꾸기로 마음먹었다. 아카펠라, 멋진 것 같다.

참, 환환상점 주인은 가게 앞에 서서 공연을 처음부터 끝까지 전부 감상했다. 공연이 끝나자 나를 향해 미소를 지었다. 나도 활짝 웃어 보였다.

지금까지 살면서 셀 수 없이 많은 가게를 가 봤지만, 오직 이 가게, 이 주인 만큼은 평생 기억에 남을 것 같다. 언제까지나 잊히지 않은 채…….

무엇을 교환하시겠습니까?

세상에 환환상점 같은 가게가 정말 있을까요?

있습니다. 여러 나라에서 심심치 않게 비슷한 가게를 찾아볼 수 있답니다. 대만에서도 볼 수 있는데요. 신주현(新竹縣) 어메이(峨眉) 지역에 한 군데 있습니다. 한 청년이 크로아티아에 갔다가 그곳 주민들이 직접 운영하는 물물 교환 가게를 보고 돌아와, 비슷한 가게를 냈습니다. 사람들이 안 쓰는 물건을 수집해서 필요한 사람들에게 공짜로 주는 거죠. 이 가게에서는 물건과 물건을 바꾸는 일 외에도 사람과 사람 사이의 훈훈한 교류도 생겨났습니다. 예를 들면, 물건 하나를 가져간 손님이 더 많은 물건을 가져오거나, 물건을 바꾸러 가게에 들렀다가 망가진 물건을 보고는 발 벗고 나서서 고쳐 주거나 했지요.

가게 안에는 공유 냉장고도 놓아두었습니다. 캠핑하러 온 손님이 남긴 식재료나 인근 상점에서 팔다 남은 채소와 과일 등을 거기에 넣어 두죠. 나중에 그걸로 이런저런 요리를 해서 야영객과 주민들이 함께 나눠 먹다 보면 자연스레 이야기꽃이 피면서 서로 더 가까워지곤 했습니다.

그 가게가 바로 이 책에 등장하는 환환상점의 모델이 되었습니다. 책 속의 환환상점도 그 가게와 마찬가지로 돈을 받지 않는 대신 물건과 물건, 물건과 사람, 이야기와 이야기, 사람과 사람의 교류를 받습니다. 그중에 가장 중요한 매개체가 바로 책 속의 책, 그러니까 사춘기 청소년들이 각자의 이야기를 교환해서 손으로 엮은 책입니다.

사춘기는 인생에서 절대 녹록지 않은 시기죠. 숨 가쁘게 돌아가는 사회에 발맞춰 따라가야 하고, 때로는 주변의 온갖 사람과 사건에 부딪히기도 하고, 심지어 나 자신의 변화마저 마음대로 통제하기가 쉽지 않고요. 그러다 보니 고민스러울 수밖에 없습니다. 뭘 어떻게 해야 할지 막막하고 혼란스럽기도 하고요. 물론 깜짝 놀랄 만큼 기쁜 일도 맛보고 아주 신기한 세계를 발견하기도 하죠.

사춘기에 겪는 다양한 마음의 변화들이 환환상점 속에 담겨 있습니다. 또한 이 책은 얼핏 보면 하나하나 독립적인 이야기들을 모아 둔 것 같지만 은근히 서로 연결되어 있죠. 어떤 이가 고민하는 문제의 해답이 다른 이의 이야기 중에 숨겨져 있기도 하고, 어떤 이의 비밀스러운 마음이 다른 이의 이야기에서 풀리기도 합니다. 또 어떤 이가 겪는 새로운 경험이 다른 이를 자극해서 일생일대의 변화를 만들어 내기도 하고요.

그뿐만 아니라, 아빠가 돌아오기를 손꼽아 기다리는 남자아이, 한눈에 반한 여자애를 기다리는 소년은 각자 찾던 사람들에 관한 단서를 그 책 속에서 얻습니다. 환환상점 주인이 가게를 열게 된 계기와 경영 철학도 책 속의 여러 이야기 안에 숨어 있고요. 여러분도 혹시 그 숨은 연결 고리들을 엮어 봤나요?

갖가지 색채와 느낌이 한데 뒤섞인 듯한 사춘기는 그 자체가 강렬한 에너지입니다. 새로운 세계를 동경하게 만들고 낡은 세계에는 과감한 의문을 품게 하죠. 이 책에는 우리 사회에 새롭게 나타난 개념과 변화도 녹여 냈습니다. 실제로 네덜란드에는 옷을 빌려주는 도서관이 있고, 이탈리아에는 각지에서 온 사람들이 모여 한 가족처럼 지내는 성이 있습니다. 친환경 집짓기 봉사 단체도 대만에 진짜로 있지요. 과연 이런 변화에 참여한 사람들이 서로 교환한 것은 무엇일까요?

여러분이라면 어떤 것들을 교환하고 싶나요?